U0926051

少年志
工作室
ShaoNianZhi

有爱的青春陪伴者

原名
《职粉就业指南》

特别助理

SPECIAL ASSISTANT

生姜太郎 著

Special Assistant

江苏凤凰文艺出版社
JIANGSU PHOENIX LITERATURE AND ART PUBLISHING

图书在版编目（CIP）数据

特别助理 / 生姜太郎著. -- 南京：江苏凤凰文艺出版社，2021.1
ISBN 978-7-5594-5341-9

Ⅰ. ①特… Ⅱ. ①生… Ⅲ. ①长篇小说－中国－当代
Ⅳ. ①I247.5

中国版本图书馆CIP数据核字(2020)第215538号

特别助理

生姜太郎 著

责任编辑　孙金荣
特约编辑　王　琼　伍　利
责任校对　彭　佳
出版发行　江苏凤凰文艺出版社
　　　　　南京市中央路165号，邮编：210009
网　　址　http://www.jswenyi.com
印　　刷　长沙鸿发印务实业有限公司
开　　本　880mm × 1230mm　1/32
印　　张　8.5
字　　数　142千字
版　　次　2021年1月第1版
印　　次　2021年1月第1次印刷
书　　号　ISBN 978-7-5594-5341-9
定　　价　45.00元

BUZHIDAOXIESHENWOJIUDAYIPAIPINYIN

SJTL

ZHIFENJIUYEZHINAN

SONGPIANRAN

Assistant

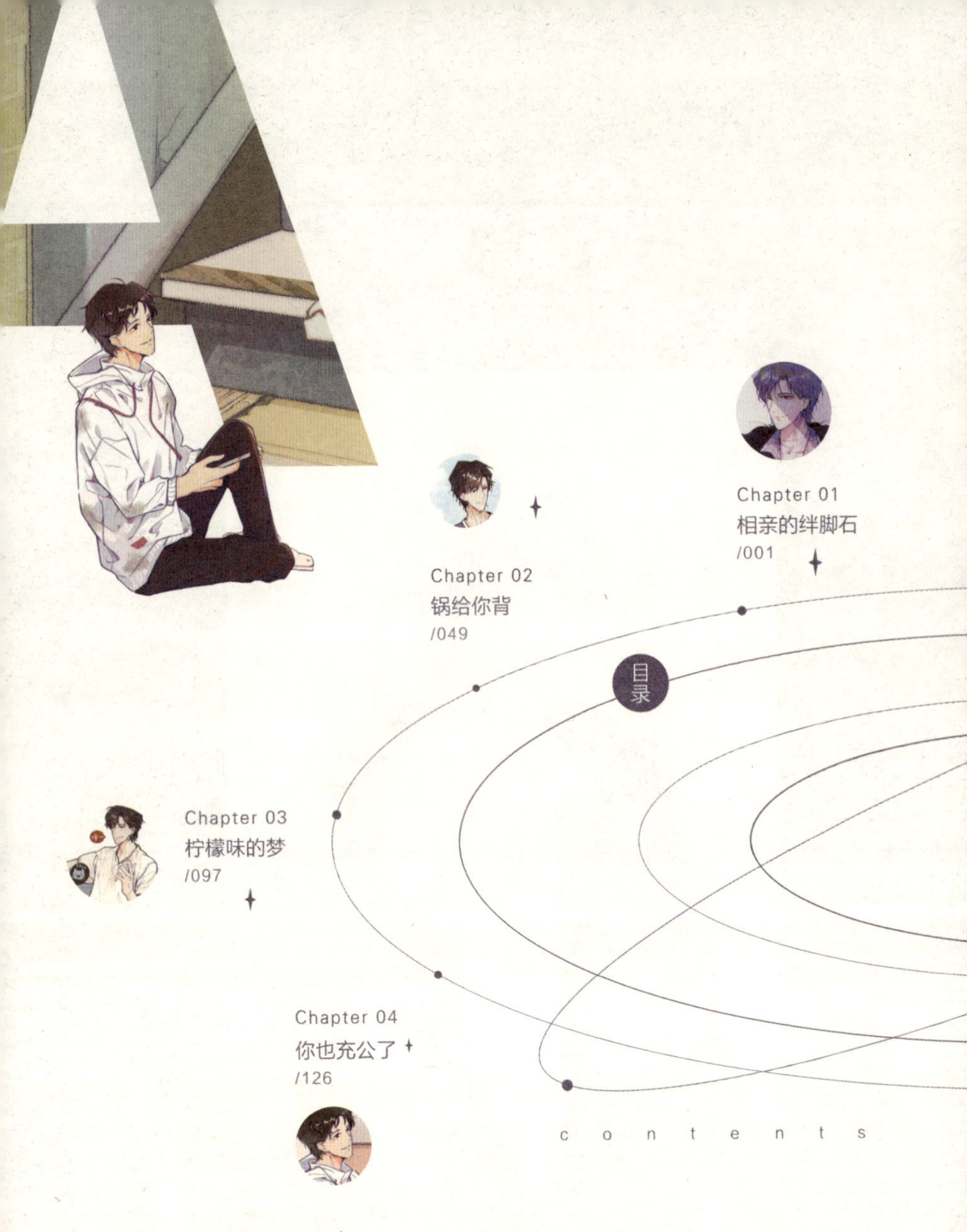

目录

contents

SPECIAL
ASSISTANT

contents

目录

Special Assistant

宋翩然工作室还养宠物吗，上过大学的那种！

翩然冲呀！！！

世界上只有两种生物会“哼哼”，
一种是猪，一种是宋翩然。

爆笑即将开始！请克制疯狂上扬的嘴角！

然冲呀！！！

宋翩然唱歌好不好听靠的是修音；
宋翩然演得酷不酷靠的是粉丝脑补。

对面的姑娘扎着高马尾，穿着绣花裙，清清爽爽的，是我喜欢的类型。

她冲我微微一笑，我身子都软了半边，又酥又麻。

“要不您先自我介绍一下？”

她连声音都那么清脆悦耳，高脚杯里的红酒还一口没喝，我感觉我已经醉了。

“齐先生？”

“哦哦哦，对，”我清了清嗓子，把昨晚写的稿子一字不落、滚瓜烂熟地背出来，声音洪亮宛若扬锣捣鼓，字正腔圆堪比新闻主播，“我叫齐豫，今年二十五岁，毕业于三道口大学，专业是新闻传播与媒体话语研究，身高一米七八，体重六十一公斤，不抽烟不喝酒不赌博，喜欢健身登高，兴趣广泛……”

姑娘抬手摸了摸左耳，轻声打断问：“那个……请问您从事什么职业呢？”

我想起宋翩然曾经说过，女生在你面前摸耳朵就是害羞得不知所措。

在这种场合——相亲中，我自动引申为这就是对我有意思。

我心里飘满了粉红色甜蜜泡泡，丘比特之箭已经射中我和她，爱情来了！

“我是一名职粉。”

“……职、职什么？”

“全称是职业粉丝。”我坚信彼此了解是发展关系的第一步，互相坦诚是美好爱情的基础，“我的服务对象不方便透露，签了保密协议的。我的主要工作就是组织粉丝活动、团结广大粉丝，在各大社交平台引导舆论走向，为我的老板树立一个健康、正面的良好形象。”

姑娘怔了怔，脸上表情有一瞬间的空白，接着抬手摸了摸右耳，点头说：“好工作……好工作……”

这事儿成了！

我激动地一拍大腿，在心里高声呐喊，摸一只耳朵是对我有意思，两只耳朵都摸了岂不是暗示要与我组建家庭、生儿育女、共度余生？

“有一个傻瓜，他有一丝任性，他还有一丝疯狂……”

突然，雄浑的男中音在高级饭店中徐徐响起，独特的唱

腔、高级的唱词吸引了餐厅里一众人的注目。

这是我给我的老板设置的专属铃声，来电显示：宋翩然。

我面不改色地挂断电话，道歉说："不好意思啊，老板来电了。"

姑娘又摸耳朵了，摸完还捋了捋头发，微笑说："没关系，工作重要。"

真是善解人意。

"有一个傻瓜，他有一丝任性，他还有一丝疯狂……"

宋翩然又来电了，我再挂断。

姑娘扭头看了看店里的钢琴，又抬头瞄了瞄天花板上的水晶灯，接着端起玻璃杯，一口气喝掉了一整杯柠檬水。

"有一个傻瓜，他有一丝任性，他还有一丝疯狂……"

宋翩然还没完了？我又一次挂断。

"那个，"姑娘掀起眼皮瞄了眼天花板上，脸上露出点儿尴尬的神情，"我看你工作挺忙的，不然咱们下回再联系。"

"别啊！"

我看她拎上包起身要走，正要上前挽留，桌上的手机忽然一振，巨婴来短信了。

"三分钟内给我回电话，不然后果自负，哼哼。"

还"哼哼"？

我活了二十五年，只见过一个动物会哼哼，那是一种耳大头长、四肢短小、身体肥壮的杂食类哺乳动物，也叫猪。

就在我看手机的这么一会儿，这位丁香一般的姑娘脚步匆匆，我还没回过神她就走远了，只留下一缕芬芳。

“啪——”

粉红甜蜜的泡泡一个接一个爆炸，美好的姻缘破灭了，宋翩然害人不浅。

我压制住心中的愤恨，给姓宋的回了个电话。

“哟，还知道回电话呢？”

宋翩然这人说话总是很令人费解，大部分时候我都不懂他什么意思，但只能附和：“哪能呢。”

“谦虚什么？”他还是一贯的吊儿郎当，冷哼一声道，“连挂我三通电话，我看你这不就是想上天吗？”

我只好低声下气地解释道：“我刚才是真有事儿。”

“什么事儿？说得好饶你不死。”

“我相亲呢。”我如实回答。

电话那头，宋翩然顿了一下，然后火气更大了，莫名其妙地大吼：“我在网上被黑成炭了，你还有心情相亲？给我滚回来干活！”

我早上出门的时候网络世界还是一片和谐、风平浪静，

怎么才这么会儿就又波涛汹涌了？

“三十分钟内你不出现在工作室，就给我拍屁股滚蛋！”宋翩然怒吼。

工作室在城东，我现在的位置在城西，单程起码要一个小时，要我三十分钟内赶到，这难度比上天还高啊！

是可忍孰不可忍，我早就受够了宋翩然这个道貌岸然的伪君子、头脑简单的幼稚鬼了！

我今天就要反抗！

“听到没？”他又是一声大吼。

我吓得浑身一抖，道：“听……听到了……”

算了，我仔细一想，忍还是可以忍的，下次再反抗吧。

在他挂断电话之前，我见缝插针问了一句：“那个……”

“磨磨叽叽的，哪个？”

我有些不好意思，羞怯地问：“你之前不是说，女生在你面前摸耳朵就是对你有好感吗？”

“呵！”他冷笑了一声，“那是一般情况。像你这种又穷又矮的，在你面前摸耳朵就是觉得你傻的意思。”

“啪——”

丘比特的爱神之箭被宋翩然硬生生折断了。

“宋翩然，23岁，颜值爆表的翩翩公子，超人气组合ZERO前成员，门面担当。于2016年单飞，跻身一线小生行列。”

——以上节选自某百科。

事实上，宋翩然那个前组合ZERO“糊”得很，人气也约等于zero（零）。偶尔有什么乡村洗头店开业剪彩才会请他们去唱歌炒炒气氛，出道半年公司倒闭，五个成员连彩也没得剪了，各回各家。

宋翩然在家待业一年，不知怎么就踩着狗屎运了，被拉到一部偶像剧里演男四，凭着一张脸火速走红，一跃成为顶级流量。

我的工作，就是在网络上维护顶流小生宋翩然“翩翩公子”的人设，为他的演艺之路开疆拓土、添砖加瓦。工作室官方不好出面说的话我来说；官方不好背的锅我来背；官方不好炒的热度我来炒。

做职业粉丝，我是专业的。

我叫了一辆出租车，反复向司机强调要快，一定要快，半小时内把我送到城东春源路，否则我人头不保！

司机看了看我，又摇下车窗看着天。

我不知道他在看什么，也探过身子抬起头，只见蓝天悠

悠、白云飘飘，偶尔飞过几只小鸟。

“师傅，你看什么呢？”我问。

“我看有没有飞机路过，我给你叫一架。”

这师傅有点幽默，是个老司机了。

我收回身子，系上安全带，道：“我和您开玩笑的。”

等车开了，我打开某博 APP，查看一下事情是怎么回事。

我有千千万万个某博水军号，手机里常备着五个来回切换，一个是宋翩然控评组，三个是宋翩然大粉（有一定影响力的粉丝）号，还有一个是无粉籍吃瓜群众号。

我登上吃瓜群众“今天的瓜儿一毛钱”账号，搜索宋翩然，关联词条第一位就是“宋翩然 关吟”。

关吟是宋翩然前队友，两人分道扬镳多年，关系比陌生人还陌生，偏偏有一批不死心的“双担粉”（同时喜欢两位偶像的粉丝），三不五时就要跳出来搞事情，双人超话“吟诵”常年固定在榜单前十名。

宋翩然上星期托人在国外弄到了一双全球限量球鞋，他美得不行，昨天鞋一到就上脚拍照发出来炫耀，配文“适合，合适”。

巧就巧在今早去机场的关吟也穿了这双鞋。最近宋翩然的一个美妆代言刚刚上线，满大街铺天盖地的宣传海报。粉丝拍到的机场图里，关吟站在宋翩然的海报前久久凝视着，然后蹲下身，爱惜地拿纸巾擦了擦鞋面。

对于把刀片当糖嗑的双担粉来说，这就是一口惊天大糖！过年了啊！

这组照片在八卦论坛“黄豆瓣”引起了剧烈反响，引得营销号纷纷下场，两方“唯粉”（只喜欢某一方的粉丝）吵得不可开交。

我一看，我的个乖乖，“吟诵”超话已经冲进了榜单前五，帖子里清一色的“这什么绝美友情啊”“扶我起来，我还能再爱一次”……

在一片鬼哭狼嚎式的狂欢里，有一条回复格外清流。

“你们初识那年，一个 18 岁，一个 19 岁，彼此扶持着走过了籍籍无名的岁月，却被成人世界无情地冲散。但我好庆幸啊，如今你们锦绣加身、载誉满满，却还是当初的小小少年。世界在变，你们却没有变。我的宋翩然和关吟，适合、合适。”

配图是 ZERO 时期的黄毛宋翩然和红毛关吟在洗剪吹开业仪式上表演，彼此相视一笑的画面。

要不是我知道宋翩然到底是个什么人，我都要差点信以为真，为这绝美友情落下泪来。

这条消息转发数已经破千，我一看，热转第一位可不就

是老熟人“翩然入关来”吗?

“翩然入关来”是“吟诵”双担大粉，平日画风以煽情怀旧为主，会剪视频，有不少追随者，是我的主要战斗对象之一。

我当职粉这两年来，与她交手不下十次，从未输过。

我切了个账号，上了“偏偏喜欢小翩翩”这个号。这个号我精心养护了两年，在宋翩然粉丝圈德高望重、颇有声望，粉丝数量破百万。

首页已经炸了锅，满屏脏话和诅咒乱飞，简直不忍直视。

我眯着眼摇了摇头，感叹现在的小姑娘都怎么回事，不带点脏话就掐不了架。

作为职粉，第一步就是学会不动声色地带节奏，通过一些模棱两可的话激起粉群共鸣，简单来说，就是卖惨。

我发了条消息:

“宋翩然，请永远不要原谅他们，那些曾经剥你的皮抽你的骨、现在又想方设法要来喝你的血的人。你是云端上的神，和淤泥里的恶人不合适、不适合。”

五分钟不到，转发已经破千，转评里清一色的“宋翩然，请永远不要原谅他们”。

第一步成功，我很满意。

紧接着就是第二步，扩大影响力。

我登上了“翩然战斗机”这个账号，这个号风格和岁月静好的“偏偏喜欢小翩翩”不同，堪称斗战胜佛。

我用战斗机这个号转发了刚才那条消息，配文：

“我不像偏偏姐那么善良，我就直接开麦说了。宋翩然，当年是谁丢下组合不管去接私活？是谁在你最落魄的时候对媒体说和你不熟？是谁看你火了这几年疯狂倒贴？是谁屡屡和你穿同款蹭你热度？你可以忘了，但我永远记得。”

接下来的事情，等回了工作室安排水军，再进行进一步操作。

带完节奏身心舒畅，我靠在椅背上哼着小曲儿，该死的宋翩然的专属铃声又响了。

我对宋翩然这种资本家有种天生的畏惧，条件反射地坐直了身子，恭恭敬敬地接了电话：“喂？”

“今天的天气不错哈？”

他突然来了这么没头没脑的一句，我只好应和：“嗯嗯！”

“景色也不错哈？”

我往窗外看了看，小花小草红红绿绿的，确实不错，于是很乖巧地回答：“嗯嗯！”

“你还有时间看景？”这个喜怒无常的巨婴又发火了，“现在几点了？半小时已经到了！”

我对着天空翻了个白眼。

“慢死了！”宋翩然抱怨道，“我吃了三包妙脆角了，你怎么还不到？你真想上天是吧？”

我颇为惋惜地叹了一口气：“想倒是想，就是上不去啊……”

比起伺候宋翩然这个脾气暴、性格差的资本家，我宁愿飞上天和太阳肩并肩。

“怎么着，这么想跑路，要不我造架飞机送你一程？”

那边传来了妙脆角被捏碎的咯吱声。

我“嘿嘿”笑了两声，赶紧讨饶：“上天是不可能上天的，这辈子不可能上天的！老板身边就是最好的！”

宋翩然的缺点我可以写一篇万字小作文，比如幼稚、暴躁、狂妄、毒舌、自大，但他有且仅有的一个优点就足够我为他跑前跑后、鞠躬尽瘁，那就是他有钱。

我刚来的时候宋翩然甩给我一张卡，说他的电脑打游戏太卡，让我给他买一台新的。我那时天真单纯，不了解宋翩然的性格，头脑发热在电脑城跑了三天，反复比较精心挑选，买了一台国产某品牌的游戏笔记本，口碑甚佳、价格良心，可谓是性价比之王。

没想到，宋翩然看见这台电脑时，十分诧异，问：“这是什么？”

经过那几天的实践学习，我俨然成了半个电脑专家，对游戏笔记本配置了然于心，殷勤地向他介绍：“老板，这是大米最新游戏笔记本，外形时尚，硬盘容量1T，发烧级独立显卡，八个散热孔，关键是价格美丽，只要4999……”

“我要的是大苹果，你给我买个大米？”宋翩然拿起那台电脑，看了两眼，嗤笑了一声，像扔一堆破铜烂铁一样把它扔在了沙发上。

大苹果电脑，外国牌子，性能一般，价格巨贵，人傻钱多的土豪必备。

我试图用比较委婉的语言劝服宋翩然：“可是大苹果只能用来装范儿……”

宋翩然跷着腿坐在沙发上玩手机，闻言，抬起他高贵的头颅看着我，眼神纯良又无辜，惊讶地问：“买电脑不用来装范儿还能用来干吗？”

我竟然觉得他说得有点道理。

那次之后，我充分摸清了宋翩然的风格——

买东西不要对的，奔着贵的；花最多的钱，起最高的范儿。

所以去年，宋翩然说要给工作室换个地点，让我给他选

个地址，我找了本《S 市房产精选合辑》，找了个地价最贵的报给他。

春源路春源区，名流首选、精英所爱。

现在，出租车在春源区 1 号门前停下，这是一栋带院子的四层独栋别墅，面积大、装修华美。

司机看看别墅，再看看我，赞叹艳羡的眼神极大地满足了我的虚荣心，他冲我竖了个大拇指，道："小伙子厉害啊！年纪轻轻就住这么好的房子！"

我摆摆手，谦虚道："哪里哪里，不过是比一般人努力罢了。"

实际上，我连这房子里的一盏水晶灯都买不起。

打工仔内心的苦楚无处述说。

小别墅分四层，一层给工作室八个人办公用，二层做成了健身区和娱乐区，三、四层宋翩然自己住。

我输入密码打开铁门，然帅正在院子里自娱自乐，看见我兴奋地"嗷"了一声，朝着我扑过来。

然帅是宋翩然的爱宠，一只酒红色的巨型阿拉斯加，三岁就长到了八十斤。

"停！"

我倒退两步，抬手喝住它。

我上次被它扑倒的场景还历历在目，那次我脚踝折了，打了一个月石膏，被宋翩然活活笑话了半年。

然帅及时刹车，睁着湿漉漉的大眼睛看着我，委委屈屈的，像在控诉我为什么不亲亲它、抱抱它。

我心软了，蹲下去拍了拍它的头：“不生气，不生气，摸摸毛……”

然帅嘴里“哈”了两声，又兴奋起来了，两只大前爪往我肩上一搭，把我压在了地上，大舌头舔了我一脸口水。关键是，它的后脚踩着我的小腹！

宋翩然不是个东西，他的狗也不是好东西！

我不敢直接进去，猫在窗边偷摸摸地瞟了几眼，见宋翩然不在一楼，这才进了门。

做宣传的小桃看见我，扯动嘴角，露出一个诡异的笑容。

我被她笑得后背发冷，鸡皮疙瘩都起来了。

“你笑什么？”

“老板叫你提头去找他。”

小桃阴森森地“嘿嘿”一笑，拿起手边的一个苹果，“咔嚓”一大口。

我感觉脖子一凉，仿佛这颗头已经不是我自己的了。

上到了二楼，宋翩然正在跑步机上锻炼。

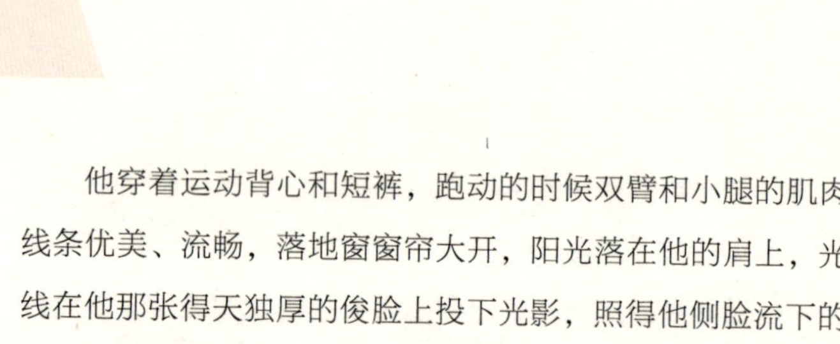

他穿着运动背心和短裤，跑动的时候双臂和小腿的肌肉线条优美、流畅，落地窗窗帘大开，阳光落在他的肩上，光线在他那张得天独厚的俊脸上投下光影，照得他侧脸流下的汗珠都闪闪发光。

从外表上看，他俊美得像一座完美无缺的雕塑。

但这个雕塑的身体里住进了宋翩然的灵魂，注定成不了艺术品。

“老……老板……”我敲了两下门，战战兢兢地开口，“我回来了。”

宋翩然转头看了我一眼，从跑步机上下来，随手拿起搭在脖子上的毛巾擦了把汗。

他在小沙发上坐下，猛灌了半瓶水，扫了我一眼，问：“你的脸怎么回事？”

我脸怎么了？

我摸了把脸，湿漉漉的，一股狗味儿。

“然帅刚刚舔我了……”

宋翩然差点把嘴里的水喷出来，他把脖子上挂着的毛巾砸到我脸上，说：“赶紧擦干净了。”

我蒙头吸了一口气，汗味儿并没有比狗味儿好闻多少。

YANZHIBAOBIAODANGHONGXIAOSHENG
SJTL
ZHIFENJIUYEZHINAN
SONGPIANRAN

他见我没反应，斜眼问："怎么不擦？"

擦擦擦，都是臭汗！

"嗯？"他挑眉。

我连忙拿毛巾擦了把脸，由衷地赞美说："感受到了老板浓烈的荷尔蒙味道。"

宋翩然被奉承舒服了，跷起腿，对我勾了勾手指，道："说说吧。"

我连忙切入工作状态，汇报道："这次事情就是双担粉那边搞事情搞大了，加上营销号推波助澜，不过现在情况还可以控制，我已经为您制订了三套规划。第一套是……"

"等会儿！"他抬手打断我，"谁问你这个了，我是问你相亲相得怎么样了？"

我后背有点发凉，不知道宋翩然这厮又打什么坏主意。

难道宋翩然昨晚上睡觉摔了，把脑袋磕坏了，开始关心起员工私生活了？

"到底怎么样啊？"他有些不耐烦，又问了一遍。

我拿捏不准他想听什么回答，犹豫着开口道："就……挺好的。"

"挺好的？"他冷冷一笑，"挺好是多好啊？"

挺好是多好？我寻思这是要我打个分还是怎么？

“这姑娘是我喜欢的类型。”我揣摩着宋翩然的言外之意，谨慎地回答，“八九分吧。”

“哦？这么高？”他尾音上扬，微眯着眼，突然变得阴阳怪气的，“什么类型啊？”

“比较朴素，”我生怕哪句话又惹宋大爷不开心了，小心翼翼地说，“我就喜欢这种的，不是很喜欢那种浓妆艳抹的。”

宋翩然不屑地哼了一声：“一听就知道不怎么样，看你那没见过世面的样子，别人能看得上你就怪了。”

我敢怒不敢言，只好连连点头：“是是是……”

“你现在最重要的是好好工作。”他话锋一转，走起语重心长的好老板路线，“先立业后成家，没有事业，相什么亲！懂了没？”

他光着膀子说这种话，实在没有什么说服力。

但我还是乖巧地点头：“嗯嗯，老板说得对！”

“还相不相亲了？”他挑眉问。

我把头摇成拨浪鼓，郑重表示：“不了不了，醉心于工作！”

他舒服了，挥挥手：“去吧。”

古人说伴君如伴虎，伴宋翩然比伴虎可怕多了。

我走到一楼，所有人齐刷刷地抬起头朝我看来。

"搞定了？"小桃看我全须全尾的，诧异地问。

我比了个"OK（好）"的手势："搞定了。"

财务骆姐朝我比了个大拇指，道："小鱼儿牛，真牛！"

"一般一般，只是对收服熊孩子有些心得罢了。"

我坐到位置上，打开电脑。

宋翩然的新代言前天才由官方宣布，新专辑也在紧锣密鼓地筹备中，现在热度正高，这种时候最好不要和其他任何人扯上关系，否则必然分散热度，引流到别家。

不管这次机场事件是不是关吟有意为之，"吟诵"回温的幕后到底有没有对家公司下场操作，对于我们这边来说，都必须速战速决，划清界限。

捆绑前队友卖情怀确实是一个炒热度和吸引新粉丝的捷径，但不是什么情怀都能卖的。

宋翩然和关吟，无论人气还是实力，宋翩然都属于绝对强势的一方。但双担粉必然偏心弱方，你越弱势就越惹人怜爱，你越惹人怜爱就越容易把双担粉提纯成你的唯粉。

在一些属性偏向关吟的大粉的引导下，宋翩然的人设渐渐朝"游戏人间的浪子"倾斜。

只要他和别的哪位明星有互动，双担粉必定要号哭宋翩然是不是已经忘记了关吟。宋翩然看了别人一眼是不念旧情，因为从前他这种“深情”的眼神只看着关吟；宋翩然和别人戴了一样的首饰是无情无义，因为他只能和关吟戴同款；就连宋翩然买了一杯咖啡都是冷酷薄情，因为关吟只喝另一个牌子的咖啡。

相比之下，她们嘴里的关吟就是那个隐忍坚韧、岁月静好的“灰姑娘”，天涯海角唯望君安，你若安好便是晴天，默默关注着他的宋翩然，从不奢求宋翩然回头看他一眼。

再这样捆绑下去，宋翩然的血就要被活活吸干了！

掐架掐两小时就够了，主要目的是震慑一下对方，让对面知道宋翩然虽然血厚，但也不是那么好吸的。

再掐下去，场面就难看了。

宋翩然的粉丝量碾压对面，要是再继续掐，掐出圈了，事情就闹大了。一则容易让路人觉得我们这边咄咄逼人，人多的欺负人少的；二则也方便了对方卖惨，有理也变成无理，最后只能吃哑巴亏。

这种程度的小摩擦，我每个星期都要处理一两次，已经形成一套固定模式了。

第一步，带节奏。我拟了个文案，联系了几个和工作室有长期合作的营销号，让他们按照我给的文案略作修改之后

再发某博。

“#宋翩然 关吟#关吟在机场穿了宋翩然同款球鞋，盯着宋翩然巨幅海报看，两人再次被刷上热搜，引起热议，但整件事情从头到尾好像和宋翩然没关系。各位网友你怎么看？”

第二步，把热度锁死。接着我拿手里的几个大粉号转发，统一文案——“翩然不知道，不关翩然的事，翩然正在准备第二张个人专辑《走火》，请多多关注【可爱】【可爱】【可爱】”。把节奏拉回到“宋翩然和此事无关”的轨道上，再拿工作室手里养着的几千个某博小号带话题转发，增加热度。

第三步，清理负面关联词条。工作室这边和宋翩然在全国的后援会都有联系，我作了篇图文并茂的长消息发出来，整理宋翩然这几年晒过的限量版球鞋、T恤和首饰，表示宋翩然买到了喜欢的东西都会发出来和粉丝分享，这是他独特的宠粉方式。再把这篇文章发给宋翩然全国后援会的某博管理者，用他们的账号发出这篇文章，一方面侧面表明宋翩然粉丝这边的态度，另一方面引导粉丝转发，确保路人一搜索“宋翩然”，首先看到的就是这篇消息。

这三个步骤我已经做得行云流水、滚瓜烂熟，接下来的事情就交给宋翩然的小粉丝们了。

我靠在椅背上，长长地呼了口气，端起水杯，内心洋溢着成就感。

宋翩然有我这样的职粉，真是上辈子积德了！

我一杯水还没喝完，就听见宋翩然叫我。

“齐小鱼，上来。”

他靠在二楼的栏杆上，居高临下地看着我，朝我勾勾手指。

“什么事？”

“陪我打游戏，五连败了，快点！”

真是个菜鸟！

宋翩然工作很忙，业余时间很少，但喜欢打游戏，尤其喜欢逼我陪他打游戏，水平很菜，又觉得自己很牛。

我齐豫工作很忙，业余时间很少，也喜欢打游戏，并且非常不喜欢陪他打游戏，水平很高，但必须装得比他还菜。

我跟着宋翩然到了二楼影音室，地上扔满了吃空的妙脆角包装袋。

他大剌剌地躺在沙发上，面色不悦地抱怨说：“匹配到的都是什么队友，菜得要死，根本带不动！”

我默默打开游戏，在好友栏找到宋翩然，他的游戏 ID 叫“举世无双.hunter”，打开他的历史战绩一看，瞬间好

心疼他的队友们，同是可怜人罢了。

“我发挥怎么样？”宋翩然往嘴里扔了一个妙脆角，边嚼边问，“我这条大腿粗不粗？”

“粗！”我心口不一的绝活已经炉火纯青，“老板带我上分上星上王者！”

“算你识货。”他哼哼了两下，从茶几下他的专属零食柜里拿了一包妙脆角扔给我，“喏，赏你了。”

我激动道：“谢谢老板，老板真是体恤员工的好老板！”

我的游戏账号经我精心维护，段位必须严格把控，和宋翩然时刻保持一致，一颗星不能多，一颗星不能少。

这就和考试一样，班里考一百分的那个不是最厉害的，每次考试都把分数控制在五十九分的那个才是最厉害的。

想我曾经也是个王者，在巅峰赛的汪洋大海里畅游，如今只能和宋翩然一起在小水沟里扑腾。

最初我以为宋翩然是在演戏，难以想象竟然有人可以这么菜，但很快我就知道了，宋翩然演技那么差，他是演不出来的。

他是真的菜。

这把他拿了个鲁班——一个高爆发的射手英雄，腿短灵活。

队友【千年%殇】在队伍里打字说：不要小短腿，换。

宋翩然冷笑一声，手指飞快地打字回应。

【举世无双.hunter】：躺好，带你赢。

【千年%殇】：呵呵。

“呵呵？”宋翩然挑了挑眉，对着屏幕念，“我没看错吧？他还‘呵呵’？”

“真是岂有此理，有眼无珠！”

我随口附和。

宋翩然大手一挥道：“你告诉他我的实力。”

我顿时语塞。

我的工作职责之一，就是去描述一个本来并不存在的东西。

【是小豫不是小鱼】：我朋友鲁班很牛的，国服水平，放心。

宋翩然跷着小腿晃来晃去，开心了。

开局之后，我拿法师走中单，宋翩然的鲁班迈着小短腿，往下路蹦跶。

清完第一波兵，下路的敌人还没有出现。

宋翩然说：“我猜有人埋伏在前面那个草丛里，你信不信？”

我和对面的法师正在激烈地周旋，没空理他，随便“嗯嗯”了两声。

“他不会知道死神已经悄悄靠近。”宋翩然说。

紧接着，“first blood”（第一滴血）的游戏提示音响彻整个影音室，宋翩然死了。

宋翩然把手机往沙发上一摔，怒道：“对面真的很卑鄙！两个人埋伏在草丛里埋了一分钟杀我！我就知道里面有埋伏！”

那为什么你明知道有埋伏还要进去呢？

他摸了摸鼻子，继续说：“我进去是为了证明我的想法是对的，你看，里面果然有埋伏，我的预判还是很准的。我是用这种方式告诉你，打游戏一定要有意识。”

我抿着嘴角，告诉自己不能笑出来。

第三分钟的时候，宋翩然和对面射手互放技能，由于经济差巨大，他被活活打死了。

他顿了一下，接着装模作样地长叹一口气，愤然拍桌而起，道：“关键时刻网怎么突然卡了？你卡不卡？”

我一个闪现加大招，收了对面两个人头，一系列操作行云流水，和网络一样流畅。

“卡、卡死了！”我皱着眉对宋翩然说。

宋翩然不动声色地松了一口气，感叹道：“要是刚刚没卡，他就死了。”

第五分钟，宋翩然追着对面的残血法师打，就差一丝血就能杀了对方。

“快看快看！我要操作起来了！”他兴奋地喊。

结果，对方队友及时赶来支援，一下围过来三个人，宋翩然开闪现逃跑，结果闪错方向，直接闪到对方人堆里，又死了。

一阵令人尴尬的沉默之后，宋翩然说：“看到没？”

我摇头：“没……没看到，什么都没看到。”

“你没看到真的太可惜了，我差点四杀，对面真的是一群菜鸟。”

打到第十分钟，宋翩然拿了两个人头，死了十次，平均每分钟死一次。

又一波团灭之后，【千年 % 殇】忍了一整局，实在忍不住了。

【千年 % 殇】：鲁班演员？

宋翩然大惊：“他怎么知道我是个演员？难道我的真实身份已经被发现了？”

我回答：“他的意思是你的表现非常优秀，只有专业演员才能打出这种惊艳的操作。”

宋翩然点点头，喜悦之情溢于言表，打字回他。

【举世无双 .hunter】：谢谢，我会加强演技，呈现更好的表演作品。

【千年 % 殇】：你真的是个 fw。

宋翩然又问：“fw 是什么意思？”

就是一无是处的意思啊！你这个废物！

我笑着回答：“就是飞舞，他说你的操作非常飘逸，宛若惊鸿飞舞。”

宋翩然开心地吃了好几个妙脆角。

【举世无双 .hunter】：谢谢，你也是。

【千年 % 殇】：你牛！

宋翩然赞许地说：“这个人虽然名字不怎么样，人还是挺不错的。”

“是啊，是啊。”我点头。

今天也是为老板辛勤工作、化解网络纠纷的一天。

我陪着宋翩然打了一个多小时的游戏，五局一共赢了三局。

宋翩然赢了游戏身心舒畅，得意得插个大尾巴就能上天，手机往边上一扔，靠在沙发背上，双脚搭在茶几上，咂着嘴回味他刚刚的精彩发挥。

“我孤身一人深入敌营，对面野区就和我家一样来去自如，这个意识怎么样？”

“妙！比妙脆角还妙！”我努力挤出一个崇敬的眼神看着他。

在野区被小野猪活活打死的英雄，实为一大奇观，简直是太妙了！

“刚才我一个人单挑主宰，这个操作怎么样？”

“高！实在是高！”我竖起一个大拇指。

残血还去单挑主宰，被主宰活活打死的英雄，确实是奇葩。

“你客观评价一下，我的游戏水平你给打几分？”

他变本加厉，向我发来致命一问。

“一百分！”我鼓着掌，真心地说。

我仅代表敌方阵营给宋翩然选手打出一个满分，感谢宋翩然选手的完美表演，作为敌方第六人，潜伏进我方队伍，成功帮助敌方取得胜利。

宋翩然哼哼了两声没说话，我从他晃来晃去的大脚丫子上判断出他此刻的心情十分晴朗。

WIN.
咔—
FALL
FALL

“接下来干点什么好呢？”宋翩然支着下巴，自言自语。

都好都好，只要不带上我就很好。

我想象着自己是个隐形人，心中默念“宋翩然看不见我”的咒语，踮着脚往门边移。

“不然就遛个狗吧！”他一打响指，有了主意。

遛狗好遛狗好，快让狗带着你出门玩去，别在屋子里晃来晃去，看着就闹心。

我的手已经放在门把手上了，只要轻轻一按，就能逃离“魔窟”。

“走，陪我遛狗去。”宋翩然还是翻了我的牌子。

我僵硬地扭头说：“老板，你遛狗，要不我……我就不去了吧？你和然帅是相亲相爱的一家人，需要独处时间。”

他看着我，慢慢地弯起眼睛，露出了一个人畜无害的温柔笑容，道：“不能只有我和然帅，必须要有你。”

他笑起来的时候活脱脱就是一个漫画里走出来的阳光大男孩，盯着你的眼睛清凌凌的，专注又认真。

我在这个杀伤力爆炸的笑容里眩晕了一秒，他的意思难道是我也是他们相亲相爱的一家人，所以遛狗这项活动不能没有我？

真是太令人感动了！

我胡乱地点点头，道："嗯嗯，我也去！"

宋翩然保持着那个令人目眩神迷的笑容，说："没有你，谁帮然帅捡屎呢？"

冷冷的冰雨在脸上胡乱地拍。

好你个欺骗感情的阳光大男孩！

宋翩然坐在院子里的草坪上，往然帅脖子上套狗链。

那条狗链澳洲进口，小牛皮制成，项圈上镶嵌着十颗水钻，造价高达六位数。

我死死盯着然帅脖子上那条镶了大钻石的项圈，思考着趁宋翩然不注意抠一颗下来的可能性有多大。

真的是心比天高，命比狗薄。

戴上了链子的然帅有点不开心，晃着脑袋想要挣开。

宋翩然撸着然帅的脖子安慰它，嘴里还轻声哄着："嘘，好宝宝，戴上狗链咱就是文明狗，再说了，你这链子多拉风啊！"

"嗷呜——"

然帅还是不满意，仰天长啸。

它高昂着脖颈，那圈钻石从它厚实的皮毛中露出来，在阳光的照耀下熠熠发光。

我看得双眼发直、目不转睛。

钻石钻石亮晶晶，深深吸引我的心。

“你看什么呢？眼珠子都要掉下来了。”宋翩然一边抚摸着然帅的脖子，一边问我。

“我只是在羡慕它。”

宋翩然抚摸然帅的手突然一顿，眼神有些古怪，问道：“你羡慕它？羡慕它什么？”

面对宋翩然，我睁眼说瞎话已经成了一种条件反射，垃圾话张口就来：“羡慕它能被你的大手温柔抚摸，羡慕它能被你轻声细语地安抚，我好羡慕好羡慕！”

当然，主要还是羡慕它拥有镶着十颗大钻石、价值六位数的狗链子。

我殷切地看向宋翩然，欲言又止，希望他能读懂我的言外之意。

宋翩然也回应了我一个欲言又止的眼神。

我们两人足足对视了十秒钟，宋翩然偏过头，拳头捂嘴轻咳了两声。

“等着，我给你拿个东西。”

他进了屋子，没一会儿就出来了，双手背在身后，藏着什么东西。

“右手伸出来。”他有点不自在地说。

劳动人民的春天来了！宋翩然是不是要赏我一颗大钻石！

我内心心花怒放，面上还要强装镇定，欲迎还拒、忸忸怩怩地说："老板，这样不好吧，这么贵重的东西我……"

"啰嗦什么！"

他霸道地在我的手腕上套上了一圈东西，不容拒绝、不由分说。

等等！为什么感觉宋翩然给我戴的这东西有点奇怪？细细的一圈，毛茸茸的触感，勒紧了腕子还有点疼。

我低头一看，那是一根红色的、在阳光下熠熠发光的毛线。

没认错的话，这是骆姐给她儿子织围巾用的毛线。

好似有一盆冰水劈头盖脸浇下来，浇了我个透心凉。

"还愣着干什么，走啊！"

我举起右手，苦着脸说："老板，我不是这个意思啊……"

宋翩然用他的鼻孔对我哼了一声，扭过脸去。

宋翩然是不是误会了什么？

没等我解释，宋翩然迈开大长腿就往前走，我被他用线扯着，没办法只好跟上去。

他人高腿长，我得小跑着才能跟上他。转头一看，这家伙耳根子红红的，抿着嘴角，一看就是在强忍着笑。

他这个人已经丧尽天良了！

宋翩然你不是人！

炽热的阳光下，两人一狗尽情地奔跑着。

快乐是他们的，我什么也没有。

宋翩然是偶像剧男主角，然帅是戴着大钻石的偶像剧“女主角”。

而我，不过是戴着一根价值两毛钱的毛线，负责给“女主角”捡屎的打工仔罢了。

遛完狗回来，然帅排空肠道一身轻松，趴在院子里懒洋洋地晒太阳。

我趴在桌子上揉着手腕，桌子上放着宋翩然给我的妙脆角，我拈了一个扔进嘴里。

除了有点甜，也没什么好吃的嘛。

中午，宋翩然给我点了外卖，红烧猪蹄套餐。

吃完午饭，我照例查看了几个新媒体平台，看看有没有什么黑料的苗头，以便及时发现，将它们扼杀在摇篮中。

我先上宋翩然贴吧逛了逛，首页飘着一些新帖，画风清新、气质高贵。

唯爱翩然：【美图】宋先生的美颜，由我守护。

唯爱翩然：【盖楼】叨一叨你是什么时候爱上翩然的。

唯爱翩然：【初心】一人一句对翩然想说的话，让他知道我们的爱有多浓。

唯爱翩然：【外交】SHgirls 吧全体粉丝送来祝福。

在这个各粉圈老死不相往来的时代，贴吧竟然还有外交帖，多么令人感动，果然小朋友间的情谊才是最真挚的。

再打开某博，搜索“宋翩然”，蹦出来的都是各个大粉的安利帖（推荐偶像的帖子），用非常冷静、客观的语言描述喜欢宋翩然的一百个理由，总结起来核心思想就是宋翩然长得帅、业务能力强、暖心还宠粉，人品也是杠杠的！

我打开其中几个帖子扫了几眼，内容严重失实，令人嗤之以鼻。内容描述宋翩然在同辈小生中，才华出众无人能出其右，唱功高超犹如陈亦迅，演技精湛堪比古田乐。

实际上，宋翩然唱歌就是高配扬声器，好听不好听靠的是修音；宋翩然演得酷不酷靠的是粉丝脑补。

这些粉丝为了“安利”简直是无所不用其极，内容引起极度不适，要不是我有职业道德，时刻提醒自己我是宋翩然的职粉，差点控制不住我想要按下举报的小手。

再搜索宋翩然的缩写“spr”，场面就真实多了。宋翩然的大部分粉丝都是颜粉，满屏粉丝撕心裂肺地呐喊——spr啊，你去哪里啦，半个月没看到新鲜的崽崽啦！spr你好无情啊，快点回来看看你女朋友吧！

唉，宋翩然凭着一张脸就让这些人神魂颠倒、念念不忘，他那张脸到底有什么好看的？

我盯着墙上挂着的宋翩然海报看了看，除了浓眉朗目、鼻梁高挺、轮廓深邃、身材挺拔，还有什么好看的？

别说，还真挺好看的！

完了，做职粉做久了，我逐渐被洗脑了。

接着，我上了黄豆瓣论坛，进入“ZERO掐架小组”，宋翩然的大部分黑料都是从这个神秘组织里流出来的，这个地方必须严格监控，一有风吹草动，就拉响公关预警。

组合解散三年多了，还有400来号人孜孜不倦地靠着以前的图频资料作各种傻兮兮的分析。

“‘吟诵’关系破裂为哪般？”

“一张图告诉你ZERO队内关系。”

“独家爆料！朋友是ZERO化妆师，有很多独家消息。”

“演技为零的宋翩然凭什么这么火。”

我看了一圈，都是些陈芝麻烂谷子的老帖子，唯独有一条，之前从未见过。

“实锤！ZERO 解散实际原因是封凡滥用违禁药品！”

封凡，当年 ZERO 组合年纪最小的弟弟，也是宋翩然这几年来唯一一个保持联系的前成员。

我点进帖子瞄了几眼，别看标题起得够唬人的，实际上别说实锤了，连个自圆其说都没有。

ZERO 解散前的几场演出，封凡状态极不稳定，不仅暴瘦，还出现了在舞台上忘记走位、眼神涣散，甚至一脚踩空跌下观众席的情况，楼主根据这些反常行为，猜测封凡是嗑了药。

再加上之前组合里封凡和宋翩然关系最好，于是脑补出了一场“封凡和宋翩然关系破裂后过于伤心，沉迷违禁药品，导致组合解散”的大戏。

下面的跟帖寥寥无几，大部分在骂楼主傻，呼唤有锤放锤。

这种一看就是假料的东西我没太在意，鼠标一点就把网页关了。

但不知道为什么，我心里总有点惴惴不安。

当年 ZERO 解散的八卦我也听了个七七八八，大多数故事都围绕着宋翩然和关吟两个人展开，这还是头一回有人把

封凡和宋翩然扯上关系。

谨慎起见，我在手机备忘录上记下“ZERO解散”“封凡”两个关键信息，防患于未然。

宋翩然有我这么深谋远虑的职粉，真是太幸福了。

几个重要的舆论阵地巡查完，总体情况还是比较稳定、乐观的。

宋翩然能够拥有一个和谐良好的舆论环境，最开心的人是谁？

当然是我，一名奋斗在网络第一战线的职粉。

网上没人大规模地黑宋翩然，就意味着我可以划划水摸摸鱼，享受美好时光。

我给自己泡了杯花茶，撒了一把枸杞，在落地窗前感受阳光的浸润。

突然，口袋里一阵手机振动声，吓得我差点没把茶给洒了。

我掏出手机一瞧，我大姨给我来电话了。

我大姨是个居委会退休老干部，在位的时候为促进邻里和谐、调节夫妻关系操碎了心，退休了之后也闲不下来，不遛鸟、不养生、不搞微商、不跳广场舞，生活只有两大爱好，拉架和说媒。

经她拉过架的夫妻，多半都离了；经她说过媒的男女，多半都没戏。

之前相亲那姑娘，就是我大姨给介绍的。

我走到院子里，接通了电话。

“喂，小豫啊！”大姨的声音总是充满活力。

“大姨，是我。”

“我打电话来问问你啊，感觉晓燕怎么样啊？”

我努力回想了一圈，从工作室保洁阿姨红姐到地铁站卖早餐的小姐姐小芳，就是没有晓燕的名字，一头雾水地问：“晓燕是谁？”

大姨沉默了一会儿，恨铁不成钢地说：“就是和你相亲的那姑娘啊！”

聊了十五分钟，我连她的名字都还不知道，惨！

点了两份精品小羊排，六百多块，没吃两口就走了，惨绝人寰的惨！

“姑娘人是不错，”我委婉地说，“就是老在我面前摸耳朵……”

“摸耳朵咋啦？摸耳朵就是暗示你给她买耳环！要和你进一步发展！”

我大姨真是个奇人，分析问题的角度独特。

“有个伟人曾经说过，姑娘在你面前摸耳朵，多半是黄啦！”我搬出了“伟人”宋翩然。

“哪个伟人啊？胡说八道！”大姨很有几分严谨的学术精神。

“苏联哲学家、经济学家兼数学家，宋陀夫·翩耶尔·然斯基。”我乱说一气。

“你个不争气的！”大姨火气上来了，对着我一通训斥，“多好一姑娘啊，你咋不好好表现，才见了一面就黄了，你说你是不是个没用的！我怎么说你好啊！”

“嗯嗯，是是是，对对对。”我一边喝茶，一边随口应她。

宋老板还说过，对付上了年纪的大姨大妈，不需要和她们争辩，争也争不过，只要把“嗯”“是”“对”三个字自由组合，轮番搭配，就能避免所有纠纷。

这个方法果然十分奏效，大姨见我认错态度良好，很快就跳过了指责我的步骤。要知道往常她训人十分钟起步，上不封顶。

“这样吧，我老姐们有个外甥女叫阿丽，是个幼儿园教师，我安排你们下午见一见。”

“嗯嗯……”我胡乱应和着，好一会儿才反应过来，“不是！姨，您别让我去相亲了……”

“别什么啊！”大姨絮叨个没完，“你都多大年纪了还不知道着急呢？我楼下的大华才二十三岁，孩子都生两个了……”

我要是不应下来，我大姨能和我叨叨一下午，还会把这事儿告诉我妈，让我妈再来叨叨我一下午。

我想了想，我这工作时间灵活，下午确实没有什么事儿，就答应了。

大姨十分满意，交代我好好表现，争取恋爱半年，元旦领证，赶上明年生个国庆宝宝。

“好好好，”我敷衍地回应她，“宝宝名字就叫齐国庆。”

大姨乐个不停，我在她“咯咯”的笑声中仿佛看见了我儿子呱呱坠地，生下来就身披红旗，张嘴不是嗷嗷大哭，而是唱起了嘹亮的国歌。

我吓得一个激灵，赶紧挂断了电话。

“哟，在干吗呢？给未来宝宝起名字啊？”

我一回头，宋翩然双手环胸，靠在门边，阴阳怪气地说。

我之前还信誓旦旦地向他保证醉心工作，转眼不仅要去相亲，连未来孩子的名字都想好了。

我连忙解释："老板，我是被逼去相亲的……"

"什么？你还要去相亲？"

宋翩然板着脸，声音也冷了几分。

敢情他不知道我要去相亲啊？

"你刚刚说你是被逼的？"

"是啊，是啊！"我疯狂点头，"我的心里只有工作，只有老板，天地可鉴！"

宋翩然打了个响指，似笑非笑地说："行吧，那我下午和你一起去。"

晴天霹雳。

"老板要陪我去相亲是什么意思？在线等，急！"

我趁着宋翩然上楼换衣服的工夫上网查了一下，跳出来的第一条搜索结果赫然是本小说推荐，配上一张十分引人遐想的图片。

我耳根一烫，虽然这个标题十分吸引我，但我还是压制住了自己点进去的冲动，接着往下翻，连着翻了三页，才翻到一条靠谱点的回答。

【大兄弟，老板陪你去相亲多半是要给你撑场面哪！老板的车让你开，酒店里的名酒随便点，有老板给你撑腰，你底气一下就足了啊！还怕相亲不成功？不说了，我老板也要陪我去相亲，我晚上再来汇报具体情况，先下了！】

下面还有一段话，估计是这老哥相亲回来当天晚上的汇报，我还没来得及看，宋翩然就下楼了。

他戴着一副巨大的茶色墨镜，他穿着一件花色套头卫衣，他手腕上戴着机械表。

他肩披着阳光，缓缓朝我走来，叫我移不开眼。

他摘下墨镜，挑眉一笑道："看我看傻了？我就这么好看？"

我心潮澎湃，双手捧脸，点了点头。

"走了。"

他大手一挥，阳光反射在他金光闪闪的手表盘面上，闪瞎了我的眼。我屁颠屁颠地跟在他后面。

到了车库，宋翩然在他的一众座驾里左挑挑右选选，不是嫌颜色太鲜艳了，就是嫌车里空间太狭小了，总之这也不满意那也不满意。

我跟在他背后转来转去，痛心疾首，恨不得抱着他的大腿高呼——

老板别挑了！随便开辆车出去我都能吹三年了！

宋翩然突然停下巡视的脚步，我猝不及防，鼻子撞上了他的后背，又酸又疼，泪水忍都忍不住，立刻涌上眼眶。

宋翩然转过身，笑着说："陪我最心爱的员工去相亲，当然要开我最心爱的车。"

我眼含热泪，像孤寡老人握着下乡慰问的领导那样，紧紧握着宋翩然的手。

有老板陪着去相亲真是太好了！

"就它了。"宋翩然伸手一指，一辆宾利飞驰。

我双眼一眨，两行热泪滑下脸庞。

砰——

我心中的花彻底怒放了！多么璀璨！

我三两下擦干眼泪，鼻子也不疼了，腿脚也不酸了，浑身充满了干劲，殷勤地打开驾驶座车门，弯腰恭请宋先生入座。

是什么在微微颤抖，是我那放在车身上的小手。

这流畅优美的线条、清爽凌厉的边缘、精致灵动的轮廓，和帅气逼人的我简直珠联璧合！

预示着我此次相亲必将凯旋！明年生个齐国庆不是梦！

等宋翩然坐稳了，安全带系好了，我才迈着小碎步，雀跃地蹦到副驾驶座，打开门。

我打开门。

我用力地打开门。

这门怎么打不开？

车窗缓缓摇下，露出宋翩然那张精致的脸。

宋翩然薄唇微启："我让你上车了吗？你开你自己的车去。"

我的心花才怒放到一半，就被冷冷的大雨无情浇灭。

车窗缓缓摇上，倒映出我这张弱小无助又可怜的脸。

我的老板和别人的老板不一样怎么办？在线等，急！

车，有是有的。

宋翩然开的是宾利飞驰，我开的是飞驰。

飞驰电动车，用心飞驰，让爱满格！某宝十大品牌，四十亿累计里程，零重大事故。

这车我开了两年，今天才明白这句广告词的真谛。

最高速度只能开到五十迈，能不"零重大事故"吗！

宋翩然放着大路不走，偏偏要绕路往郊区过。

这条路坑坑洼洼坎坷不平，我开着电动车，颠得哪儿都疼。

反观宋翩然，他两边车窗大开，一手搭在窗边，一手虚虚扶着方向盘，车里放着他自己的歌。

乡村的静谧小路上，美男开着他心爱的车，微风徐徐，拂过美男俊秀的脸庞，也将他的歌声带到我身旁。

还有那令人窒息的汽车尾气，深深将我淹没。

他每开 500 米，就靠在路边等我一段。等我吭哧吭哧地赶上去了，他小拳头一攥，娇娇嗲嗲地对我说：“小鱼鱼，加油哦！”然后一踩油门，扬长而去。

我在滚滚烟尘里险些落下两行热泪。

宋翩然入股不亏！

+1 +10086 + 身份证号

空降成功。

宋翩然到底是青春期没过还是更年期提前？

宋翩然冲呀！！！

宋翩然拍戏时如果有读相亲失败小故事的台词功底，也不至于年年评不上奖。

对面的姑娘扎着高马尾，穿着绣花裙，清清爽爽的，是我喜欢的类型。

她微微一笑，我身子都软了半边，又酥又麻。

这个场景是我熟悉的。

只是她微微一笑的对象不是灰头土脸的我，是我旁边衣冠楚楚的宋翩然。

“宋先生本人比电视上更帅呢。”她说，连声音都那么清脆悦耳。

宋翩然一手支着下巴，眼神专注又不过分亲昵，维持着恰到好处的风度，闻言抿嘴轻轻笑道：“谢谢，你也很漂亮。”

姑娘抬手摸了摸耳朵。

是害羞的意思，我从她含羞带怯的眼神里能看出来。

我怀疑我是不是走错片场了，我明明拿的是男主角的剧本啊！

“那个……”我清了清嗓子，打断这两人的眉目传情，企图找回一些男主角的尊严，“要不我先自我介绍一下吧……”

姑娘终于想起了旁边还有一个我，冲我抱歉地笑笑。

我喝了口水，开始背稿：“你好，我叫齐豫，今年二十五岁，毕业于三道口大学，专业是新闻传播与媒体话语研究，身高一米七八，体重六十一千克……”

“嗯？”

宋翩然从喉咙里发出了轻轻的一声。

我转头一看，他眉心微微蹙着，从面前的海鲜炒饭里挑出了一片香菜叶。

“明明嘱咐了别放香菜，怎么又放了？”

宋翩然的挑食程度举世罕见，尤其讨厌香菜，如果不慎让他吃到香菜，他就会不开心，他一旦不开心，就会想方设法让我也不开心。

我眼疾手快，把他的盘子拉到自己面前，帮他挑起了香菜。

姑娘的眼睛在我俩中间转了两圈，我急忙跟姑娘解释：“其实我的工作就是宋翩然的……”

“粉丝。”宋翩然先我一步说，“他的工作就是我的头

号粉丝。”

头号粉丝？

好像和职粉也差不多？

我想了想，觉得这么说也没有什么问题，于是没有反驳。

“……”姑娘有些语塞，咽了咽口水，而后艰难地开口，“粉丝也是一种工作？都干些什么？”

“主要就是把控网络上的舆论风向，树立我们老板的良好形象。”我老老实实地回答。

“那齐先生您的个人收入……”

“他给我发工资。”我指了指宋翩然，“底薪税后一万，奖金福利什么的看他心情。”

“这么高？”姑娘惊呼，“当粉丝还能赚钱呢？”

宋翩然轻笑了两声，对姑娘说：“我对员工都很照顾的。”

这话倒是不假，宋翩然虽然缺点一箩筐，但是对员工从来都极其大方，每个月的奖金和各种福利从来没少过。

去年骆姐生小宝宝，宋翩然给了骆姐一张奢侈品童装店的 VIP 金卡，宝宝六岁前去这家店只要报宋翩然的名字就能免单；上个月我的冰箱坏了，发了条朋友圈抱怨，第二天宋翩然直接买了个双开门大冰箱送货上门到我家。

我抬头朝他感激地笑了一下。

姑娘突然凑到宋翩然耳边，低语了一句什么。

宋翩然竖起食指靠在嘴唇上，对着姑娘眨了眨眼：“嘘，要保密哦。”

他们俩什么时候趁我不注意明修栈道暗度陈仓了？连两人间的小秘密都有了？

我才是男主角啊！不带宋翩然这样明目张胆抢番位的啊！

不知道为什么，接下来整顿饭的时间，饭桌上陷入了诡异的沉默。

姑娘不说话，我也不好意思没话找话。

只有宋翩然最自在，时不时对这家饭店的菜肴进行一番品评。

散场的时候，我想加个姑娘的好友，手机刚拿出来，她突然紧紧抓住我的手。

她神情悲壮，眼含热泪，对我说：“你一定要幸福！”

我火热的心瞬间凉了。

相亲对象和你说一定要幸福是什么意思？

就是对你没感觉，就是和你没戏的意思！

我只好收下这张好人卡，回握住她的手，点点头：“谢

谢，我一定会幸福的。”

姑娘走了之后，宋翩然去结账。

我闲着没事，打开中午看的那篇问答。

下面还有一段：

【我回来了，大兄弟，老板要陪你去相亲，一定要拒绝啊！尤其是当老板比你有钱比你高比你帅，更要坚决拒绝啊！算了不说了，说多了都是泪啊！】

我这才恍然大悟，老板比我有钱、比我高、比我帅，相亲对象可不就百分百看上老板了吗！

宋翩然果然没安好心，他就是要撬我墙脚！

刚撬完墙脚的宋翩然不知道为什么龙颜大悦，出饭店的时候哥俩好地搭着我的肩，豪气云天地说：“把你那个电驴扛到后备厢，坐我的车回去。”

我颇为哀怨地瞄了他一眼，毁我相亲就算了，现在竟然还想要侮辱我？

士可杀不可辱，我今天势必要讨伐宋翩然这种无耻的资本家行径！

宋翩然眉梢一挑，有点儿不耐烦地催促道：“愣着干吗？上车啊！下次别赖着要蹭我车啊！”

我咬了咬牙，用力张开五指，幻想着一巴掌糊在他面目可憎的脸上。

“你手怎么了？”宋翩然抬了抬下巴，“鸡爪吃多了？得羊癫疯了？”

“……没有，”我撇了撇嘴，算了算了，和宋翩然生气不值当，“有一位伟人曾经说过，不要在该奋斗的年纪选择偷懒，不要在该骑电驴的年纪选择蹭车。我有梦想，我会为了这个梦想奔跑、奋斗，直到拥有属于自己的跑车，才能成为连我自己都佩服的人！”

宋翩然用一种看傻子的眼神看着我：“哪个伟人说的？”

“格列夫托夫拉斯基。”我脱口而出。

“搞传销的？”宋翩然问。

“不是，一个大师，拥有净化心灵的神奇能力。”我胡诌道。

宋翩然没说话，歪了歪头。

我也跟着他歪了歪头。

他指了指脑袋，问：“听见了吗？”

我说：“什么？”

他说：“你脑袋里的水声。”

我哑口无言。

还是那条熟悉的乡间小路，还是那个熟悉的美男、那辆熟悉的车。

还有那熟悉的汽车尾气和滚滚烟尘。

宋翩然硬生生把一辆跑车开出了千年老龟的速度，慢腾腾地跟在我的小电驴身边挪动着。

他一手扶着方向盘，一手拿着手机，时不时低头看几眼，声情并茂地对着我高声朗诵。

"一男子相亲竟被骗走三十万存款！李先生经人介绍认识了郑小姐，对方的条件完全符合自己的交友标准。相处后，郑说自己发现了彩票网站的漏洞，可以投机套钱。经过几番说服，李在尝到甜头后投了三十万进去，谁知之后郑就失联了。"

他读完一段，还要品评一番："啧啧啧，齐小鱼，你说惨不惨，要是你这笨脑子，非被骗得底裤都不剩。"

我一心看路，目不斜视，抬手扶了扶头盔，义正词严地说："老板放心吧，我没什么存款可骗的！"

宋翩然继续他的相亲失败小故事："小林通过某媒婆结识了美女小美，小美皮肤白净、容貌漂亮、身材窈窕，让小林心动不已。两人相约在一家西餐厅内见面，小美点了一瓶价格过千的拉菲红酒，点了两个价格五百块钱的小菜，点完了还和小林说，别心疼，要想气氛好应该点点好的红酒，如果这点钱都舍不得花，以后过门了我在你们家估计也过不好。就这样，小林被骗消费过万元。”

我对这种老套的故事没什么兴趣，不过宋翩然读得真不错，要是他拍戏的时候能有这个台词功底，也不至于年年评不上奖。

宋翩然朝我吹了个口哨，浮夸地喊：“现在的相亲骗局真多啊！现在相亲风险太大了，需要你我共同行动起来，坚决抵制！”

我在心里翻了个白眼。

宋翩然到底是青春期没过还是更年期提前？

你在一个相亲失败的可怜打工仔面前提这些是什么意思啊？这是赤裸裸的嘲笑啊！

“齐小鱼，齐小鱼！”宋翩然见我没理他，透过车窗大声喊我，“喂！”

“干吗？”

“你脑子这么呆，又没什么存款，以后不许去相亲了！”

凭什么我就不许去相亲了？

宋翩然你家住海边的啊，管这么宽？

你不让我去我就偏要去！

“听见没！”他又喊了一声。

“听……听见了……”我又一次屈服于老板的压迫下，委委屈屈地小声说。

“说什么没听见，大点儿声。”他一手放在耳朵边，冲我挑眉。

“听——见——了——”

我张嘴大吼，恰好掀起一阵大风，迎面飞来了一只小飞虫，仿佛安了卫星导航一般，精准无误地飞进了我的嘴里。

我赶忙停下电动车，在原地“呸呸呸”了好几下，嘴里又苦又涩，难受得要命。

“哈哈哈——”宋翩然乐得不行，拍着方向盘哈哈大笑，一踩油门，车“嗖”地开远了。

我在原地，呼吸着浓郁的汽车尾气，望着渐渐远去的车屁股，在心里骂了宋翩然三百来遍，才发动小电驴追了上去。跑车始终在我前面三十米左右的位置，我慢宋翩然也慢，我快宋翩然也快，这家伙分明就是故意的。

想不到我齐小鱼要被宋翩然遛，我的车还要被宋翩然的车遛，简直是奇耻大辱！

我咬牙切齿地盯着车屁股，手上油门拉到最大，风驰电掣地朝宋翩然冲过去。宋翩然果然也加快了车速，扬起的黄沙和尘土扑到我脸上，我眼睛差点儿都睁不开，宋翩然这厮嚣张得很，从车窗里伸出一只手冲我扬了扬，分明就是挑衅！

我使劲儿睁着眼，把车速开到最快。就在这时，前边路上突然出现了一个窟窿，哪个挨千刀的把井盖给偷了！

我心脏猛地一跳，慌张之中连忙按下刹车，但惯性太大已经来不及了，眼见着小电驴朝那个窟窿越开越近，我吓得双腿打战。宋翩然此时突然一个九十度甩尾，跑车恰好停在了那个窟窿之上，我的小电驴撞上了宋翩然的车身，在车门上撞出了一个浅浅的凹陷。

我一边庆幸没连人带车滚进坑里，一边懊恼这得赔宋翩然多少钱，但这些念头只来得及一闪而过，宋翩然的车本来就没停稳，被我这么一撞接着向前滑去，轮胎和地面摩擦发出尖锐的声响，我心头一沉，来不及多想，失声喊道："宋翩然！"

"砰——"

一声巨响。

宋翩然的车撞到了马路牙子上，车头恰好被一根路灯柱卡着动弹不得，车头往外呼呼冒着黑烟。

我手心全是汗，心脏像要跳出喉咙。

我立即跳下小电驴，冲到车边猛拍车门：“宋翩然！宋翩然你没事吧！”

冒起的黑烟熏得我双眼发酸，刺鼻的气味儿疯狂往喉咙里钻，我什么也顾不上了，大声喊宋翩然的名字，两只手用力拉着车把手。

“宋翩然！宋翩然你怎么样啊！宋翩然你说句话！”

驾驶座里，宋翩然双眼紧闭，靠在椅背上一动不动，像是昏死了过去。

我心跳得很厉害，双手止不住地打战，恐慌感如潮水般涌来，从来没有一刻像现在这样希望宋翩然睁开眼睛，继续嘲讽我、挖苦我、压榨我、剥削我。

“宋翩然，你坚持住！”

任凭我怎么拉拽都打不开门，车里的宋翩然始终毫无回应，我的心像是沉入了冰窖，喉咙涩得发紧，上半身探进车窗，想要爬进车里把宋翩然拉出来。

“宋翩然！宋翩然你怎么样了啊！宋翩然……唔……”

一只温热又柔软的手掌伸过来，紧紧捂住了我的嘴和鼻子，干净、清爽的柠檬味瞬间隔绝了刺鼻、酸涩的汽油味。

他的柠檬味洗手液是我给他买的，我知道是他，宋翩然没事！

我猛地睁大双眼，宋翩然脸上带着恶作剧得逞般的狡黠笑容，冲我眨了眨眼。

谢天谢地！

宋翩然下了车，我还没反应过来，小心翼翼地伸手探了探他的鼻息，好确认他是不是真的完好无缺。

“傻了吧。”宋翩然摇了摇头，一只手紧紧拽着我把我往后带，一直到了距离车子足足有几十米的地方，才停下来。

我双腿发软，站都站不住，只好蹲在地上，张嘴大口大口地呼吸新鲜空气，眼睛被烟熏得厉害，生理性眼泪不住地往下流。

宋翩然半蹲在我身前：“哭什么？齐小鱼，你就这么担心我啊？”

他伸手想帮我擦掉乱七八糟的眼泪，我又急又委屈，一气之下拍掉他的手，冲他大吼道：“你是不是有毛病！你没事你干吗装死！你自己找死别拉上我啊！”

他被我这么一推，向后跌坐在地，兴许是没料到我敢这么对他说话，皱眉喊道：“要不是我你早摔洞里成鱼饼了！一辆破车还敢开那么快？我就不该理你，就该让你摔坑里去！”

“要你管！”我抬手抹了把鼻涕，“有本事你就别管我！别以为你开个跑车就了不起！我也不该理你，我就该让你一

个人坐车里，永远没人管你！”

他气急败坏地朝我大吼：“我让你管我了吗？你以为你是超级英雄？那么大的烟你就不知道躲躲？还想爬进车里，平时怎么没见你胆子这么大！”

“还不是因为你在里头！”我猛地站起身，气急之下在他小腿上踹了一脚。

“我真在里面你进去有什么用？”他不知道为什么火冒三丈，也三两下从地上爬了起来，“你就不知道报警！”

“你在里面我哪顾得上那么多！”我梗着脖子，吼得比他更大声，企图从音量上压倒他。

宋翩然一怔，眼底目光闪动，不再和我较劲了。

我深深吸了几口气，使劲揉了揉眼皮，也逐渐平复了心情，眼前的宋翩然毫发无损，除了头发乱了点、衣服脏了点、形象狼狈了点，似乎没受什么伤。

确认了宋翩然没事，我高高悬着的一颗心总算落到了地上，呼吸也渐渐缓了下来。

宋翩然却始终不说话，眼神沉沉地盯着我。

我被盯得头皮发麻，浑身一抖，才想起来我刚刚做了什么。

我刚刚吼宋翩然了！

原来这场小车祸考验的不是宋翩然，是我。

我正考虑是不是应该跪下抱着宋翩然的大腿痛哭道歉，宋翩然却突然勾起嘴角，笑了。

他突然认真地说："对不起，刚刚不该凶你，谢谢你救了我。"

宋翩然眼睛清清凌凌的，像是有一汪泉水盛在里面，晃来晃去，晃得我有点晕晕乎乎，脸颊发烫了。

宋翩然谢谢我做什么，是他救了我，我才要谢谢他。

"是我撞的你，"我吸了吸鼻涕，"要不是你，我都摔坑里成鱼饼了。"

宋翩然道："我是你老板，不会让你变成鱼饼的。"

我在他的眼睛里看见了我自己，头发糟成一窝，眼睛肿得像大枣，满脸都是泪痕。

鼻子突然有些痒痒的，紧接着，我在那双漂亮的眼睛里看到，一道晶莹剔透的鼻涕从我鼻孔里掉了出来，颇具喜感地挂在嘴唇上方。

我和宋翩然面面相觑了一会儿，他肩膀一耸，"扑哧"笑出了声。

我抬手一抹鼻涕，不如刚才把我呛死算了！

还好是个小车祸，等烟散了之后就没事了。周围是一片

广阔的农田，一眼看过去一个人影也没有。

宋翩然到车头轮胎那儿蹲下看了看：“车胎被划了。”

我凑过去一看，果然，靠驾驶座方向的前轮被钢筋一类的硬物刮出了三道深深的划痕。

“难怪刚才我刹不住车。”宋翩然皱眉，又狠踹了一脚车门，“哪个仇富的刮了我的车！”我蹲在车边，总觉得这件事有哪里不对。

要真是仇富的路人，找个小石子在车身上划几下就差不多了，这得在车胎边上蹲多久、费多大劲儿，才能把车胎刮出这个效果。

刚才吃饭的那个地方价格不菲，周围停着的车都比较高档，没道理宋翩然就这么倒霉，偏偏就被人挑中他的车刮轮胎。

他这辆车开出去的次数不算少，车牌号也不是什么秘密，饭圈和媒体圈都能一眼认出来这是宋翩然的车。

会不会是有人故意的？

一边的宋翩然正掏出手机准备报警，我连忙跳起来，抢下他的手机按了挂断。

宋翩然睁大眼看着我：“齐小鱼，你干什么？”

“说不定是黑子或者娱记干的，估计没多久媒体就到了，指不定要怎么被做文章。”我向宋翩然严肃地解释，“现在是你专辑录制的关键时期，多一事不如少一事。”

宋翩然听到我的话，也皱起了眉。

我从口袋里掏出车钥匙，递给宋翩然：“你开我的电动车先走，这边的事我留下来处理。”

“不行。”宋翩然拒绝，“留你一个人我不放心。”

我把钥匙塞到宋翩然手里：“这有什么不放心的！要是只有我一个人，这就是一个小小的交通事故，做个笔录就行了。再说了，这本来就是因为我开车不小心，追了你的尾，说到底和你没关系，老板你就先走吧！”

宋翩然握着钥匙，扭头看了看我倒在路边的那辆飞驰电动车，神色有些不自然。

我试探着问了一句：“老板，你是不是不会开电动车？”

宋翩然哼了一声。

宋翩然义正词严地说他作为一个全能偶像、万千少女的梦中情人、实力与魅力兼具的演员、驰骋王者峡谷的“举世无双.hunter”，绝不可能连一架电动车都征服不了！

“男人，天生就有驾驭车的本能！”

他激情澎湃地做了总结陈词。

我听他言语铿锵有力，看他的神情狂妄中夹杂着一丝冷

淡，冷淡中又透露着几分不屑，仿佛对开小电驴手到擒来，于是放心地把我的小飞驰交给了他。

宋翩然带着不羁的笑容，潇洒地撸了一把头发，长腿一跨坐上了车，低着头把钥匙插进了锁孔里。

然后，他继续低着头。

三分钟过去了，他还是没有抬头。

“齐小鱼！”

正当我怀疑时间是不是静止了的时候，宋翩然突然喊了我一声。

“怎么了？”

“你这什么破车，变速器呢？”他问。

我一脸愣怔。

“电动车没有变速器，油门在把手上，你一拧车就开了。”我苦口婆心地进行现场教学，拿出十二分的耐心，“要不你先下来，我给你开一小段示范一下。”

宋翩然面子有点挂不住，他不耐烦地摆摆手：“这么愚蠢的原理有什么可示范的！知道了，知道了，这地方拧一下车就开了是吧？过于简单——啊——”

他一下把油门拧到最大，小飞驰“嗖”地冲了出去。

过大的启动速度带来了一阵风，也带来了一声惨叫。

宋翩然的上半身出于惯性向后狠狠倾斜着，从我这个角度看过去，他就像是一个被电动车带飞的人形风筝。

我也跟着吓了一跳，追在后面边跑边吼："松——手——松开手车就停了！"

宋翩然只顾着哇哇乱叫，我跑得喘不上气，发誓回去就给飞驰电动车写投诉信，强烈要求厂家把最高速度下降为二十迈。

车子开出去足足有几十米，宋翩然才想起来松开油门，好在他人高腿长，右腿在地上使劲一蹬，借力跳下了车，趔趄了几步，险些没站稳。

我的电动车直接砸到了地上，发出"咣"的一声巨响，砸在"驴"身痛在我心，我赶紧跑上去把车扶起来。

宋翩然惊魂未定，拍着胸口："你这车是不是我粉丝，我一坐上去它太兴奋了，当场发疯。还好我机智，关键时刻跳车逃生。"

如果我的车是你的粉丝，我今天就把这瞎了"眼"的车送去焚化厂烧了挫骨扬灰！

车子的后座踏脚板那儿被摔出了一个凹陷，我心疼得不行，这要是去修还不知道要花多少钱。

宋翩然这个不要脸的还凑过来，拍了拍我的脑袋，说：

“你哭丧着脸干吗，我又没摔着，你看，这不是还活蹦乱跳的吗？”说完，他还真在原地蹦跶了几下。

你是没摔着，但我的车摔着了啊！你只是受了一点惊，但我的车，失去的是它完美无缺的外貌啊！

“怎么还苦着脸，都说了我没事了，开心点儿。”

“呵呵，你没事真是太好了。”我僵硬地发出声音，“我真是太开心了。”

他满意地从我手里接过电动车，勾起一边嘴角，邪魅一笑：“小破车，你成功地引起了我的注意，从来没有哪辆车敢这么对我。”

宋翩然再次坐上车，我还是不放心，小跑着跟在后面问：“老板，你真的没问题吧？”

“我十三岁就偷着开我家老头的车了，驾龄十年，能有什么问题？”

他十分自信。

我竟然不知道该怎么和他解释四轮车和两轮车的区别。

“男人，天生就有驾驭车的本能。”他又强调了一遍。

这句话已经没有任何说服力了。

“你不相信我作为男人的本能？”他突然冲我挑了挑眉。

突然有种诡异的感觉是怎么回事?

我点了点头:“信,我信。”

宋翩然骑着车慢慢地离开了。这一次,车子开得很稳。

已经接近傍晚,微风习习,云卷云舒,倦鸟归巢。

青春电影的结尾大概也不过如此了。

背脊挺拔的帅气男孩开着电动车,在偏西的阳光中缓缓驶离。

缓缓地……缓缓地……

等等!宋翩然开车的速度是不是有点过于缓慢了啊?

我定睛一看,他压根就没在开车,而是拿两条腿在地上蹬着,带着车往前走。

什么男人的本能?

我信了你的邪啊!

现场没了宋翩然,事情就简单多了。

我先报了个警,接线员是个听着声音挺年轻的小姑娘,我说我开车撞了马路牙子来自首了,她问人没事儿吧,我说没伤着人,就是把一路灯柱子撞歪了。

她:“事发地点在哪儿呢?”

我:“在靠近城东的一个大郊区。”

她："这郊区是哪儿呢？"

我："我也不知道名字，周围全是农田，也没个标志性建筑。"

她："这农田叫什么名字呢？"

我："要不我问问农田去？"

她："您早问不就完事儿了！"

我："请问这是公安局吗？我是不是打错电话给相声社了？"

她："神了！您怎么知道我爱听相声！"

最后我和这小姑娘互相加了个微聊，把实时定位发过去才完事儿。

发完定位，我瘫坐在马路边上，把她的备注修改为"相声艺术家"。

报完警，我再给工作室打了个电话报备这件事，让他们找关系一定要把那家饭店停车场的监控搞到手，绝不能外流，还要注意网络动向，估计过不了两小时就要出全网新闻了。最后，我才打电话叫汽车维修厂过来把车拖走。

过了得有四十多分钟，警察叔叔来了。

我描述了一下大致情况：不晓得哪个缺德的把井盖偷了，我为了躲坑撞到了马路牙子上，并且再三保证绝对没有

喝酒没有发生人员伤亡，只是撞坏了一根电线杆子，该写检讨写检讨，该扣分扣分，该罚款罚款，绝不狡辩推脱。

警察叔叔面无表情，问我："这车是你的？"

我昂首挺胸，底气十足："是！"

警察叔叔用冷酷无情的目光从上到下扫视了我一圈，他那眼睛好比 X 光，我这全身加起来不到一千块的行头被这么一照，再有气势也给照蔫了。

我在他如炬的英明目光下心虚了，舌头滴溜溜转了个弯，悻悻地说："是我的就好了！我今天相亲，找朋友借的车。"

警察叔叔毫不意外地点了点头，继续保持冷酷："还有什么要交代的吗？"

"倒是没有了，就是有个问题，不知道该不该问。"我看了他一眼，欲言又止。

"问。"

"您喜欢相声吗？"

我注意到他暗暗翻了个白眼，X 光熄火了。

在警察叔叔做笔录的这会儿，有一辆小面包车呼哧呼哧地赶来，车上下来两个人，一胖一瘦，脖子上挂着工作证。

我一看，嚯！老熟人啊！

胖子脖子上挂着个大相机，风风火火地冲过来，凑到车窗前看也不看，就开始疯狂按快门：“宋先生，请问您今天的交通事故是怎么回事？是不是因为酒后驾车？您现在神智是否清楚？”

瘦子拿着纸笔追上来，急得脑袋冒汗：“师傅您慢点儿问，我这记不过来了！”

胖子一张嘴有如连珠炮，“啪啪啪”地朝车窗发射子弹。胖子问道：“宋先生您为什么不说话？是不是心虚？是不是说明这场交通意外背后另有隐情？”

警察叔叔冷酷的外表终于出现了一丝裂缝，他嘴角抽搐了两下，大喊：“干什么的！事故调查现场你们捣什么乱！”

胖子转过身，无奈地解释：“警察叔叔，您倒是让车里那人下来啊！不能因为肇事者是演员就包庇啊！”

警察叔叔被这话气得额角突突狂跳：“你说谁包庇呢？妨碍执法、侮辱人民警察，跟我回局里接受调查！”

胖子气不过：“凭什么啊？车里明明就……”

“妈呀！”瘦子趴在车窗上往里一看，“师傅，车里没人！”

“怎么可能？这明明就是宋翩然的车！”胖子也跟着趴在窗户上往里瞄，“情报有误！人呢！”

瘦子嘴角向下一拉，听声音像是要哭出来了：“那我稿子怎么写啊？”

“写写写！还写什么写！”胖子狠狠薅了一把这没出息的徒弟，恨铁不成钢地骂他，“就写宋翩然变成蝴蝶飞走了！”

瘦子挠挠头：“要不变蜻蜓吧，这季节蝴蝶少。”

我凑过去往瘦子手里的笔记本上偷瞄了两眼，那上面已经打好草稿了，标题赫然是：当红偶像宋翩然驾驶百万豪车郊区出事！事故的真实原因究竟是什么？为何宋翩然身现荒凉郊区？偶像安全意识淡薄谁来买单？

巧了，这三个问题的答案我每个都知道，但偏偏要装作不知道。

我清了清嗓子，模仿宋翩然在镜头面前那副彬彬有礼的样子，说：“请问两位是？”

胖子瞄了我一眼：“你谁啊？宋翩然呢？”

我故作惊讶：“您也认识翩然？他是我孙子。”

“孙子？”胖子瞪着大眼，难以置信。

怎么把心里话说出来了！

我连忙找补：“我的意思是，他是我远房亲戚，论辈分，我就是他爷爷辈的。总之，我和翩然是老朋友了，我今天借了他的车出来办事，没想到就撞了，唉！我对不起翩然！”

我一拳捶在掌心，痛心疾首。

胖子像是一个气球，一口气突然泄了个干净，没精打采的：“那人提供了错误情报！真耽误事儿！”

瘦子：“师傅，那稿子还发不发啊？”

“发！我正在马蓉蓉家门口蹲点呢就被叫到这儿来！不发怎么补偿我们浪费的时间！”

马蓉蓉？看来有八卦！

“那个……”我放低声音，掩着嘴打探道，“不知是否方便告知，马蓉蓉她……”

胖子白了我一眼：“少关注少男少女都会犯错的那点事儿。”

不一会儿，维修厂的人也到了，警察叔叔上前拍拍我的肩膀：“没你事儿了，把你的车拖走拿去修吧。”转脸对他俩说，“两位，跟我回趟公安局吧。”

胖子垮着脸哀号：“警察叔叔放了我们吧！”

人走光了之后已经将近七点，天边灰蒙蒙的，只剩下一层薄薄的光。

前后一百米唯一的一个路灯还被宋翩然撞坏了。

从这儿靠脚走回工作室估计得走四五个小时，我打开打车软件想打个车，整整十分钟了都没个司机接单。

这时候一阵冷风吹来，冻得我打了个哆嗦，瞬间感觉自己弱小、可怜又无助。

地上有个小水洼，倒映出了我孤独的身影。正当我抱着手臂顾影自怜之际，手机振动了一下。

有人接单了！

我赶忙给尾号为 4567 的李师傅拨了个电话。

“喂，李师傅啊？”

“啊，你是哪位？”

“我啊！”我激动得仿佛找到了失散多年的亲兄弟，“您刚刚在嘟嘟打车上面接了我的单啊！”

“那个是吧……”李师傅有点为难地说，“我点错啦！你那里太远了，去不了，去不了！”

这感觉就好像你终于找到了失散多年的亲兄弟，他却嫌你家太穷不肯认你，我一颗火热的心被“啪”地摔了个粉碎。

“你接了我的单又不来，我投诉你！”

我恨恨地把电话挂了。

没过十秒，李师傅又打电话过来了：“你别投诉我啊！我过去一趟都不够油钱的！”

“那我给你加钱你来不来？”我做出了让步。

李师傅像是有点动摇了，想了想说：“七百！”

“你等着我的投诉吧！”我把电话挂了。

又过了十秒，李师傅又来电了。

“你那个地方荒郊野岭的，上个月有个出租车司机在那一带被抢了，我过去太危险了！”

“我一个人在这儿不是更危险吗？”

我被他说得胆战心惊的，生怕玉米地里冲出来一个蒙面劫匪一刀把我“咔嚓”了。

“你又没钱你危险啥？”

原来李师傅就是那个蒙面劫匪，一刀快狠准戳在了我的心口。

我咽下一口老血，气愤地回道：“谁说我没钱？你怎么知道我没钱？”

“有钱人谁会往那地方去啊，”李师傅嗤笑了一声，“就算去也是开着车去啊，荒郊野岭还没车的不是穷人就是土匪。”

“你说得很对。”我思考了一下，觉得李师傅的话也不

是完全没有道理，于是冷静下来和他交流。

“感谢你的理解，小伙子，我……”

“但我还是要投诉你。”

电话又被我挂了。

没过几秒，电话又振动了。

刚才由于相亲，我把手机铃声关了，这会儿也没去看来电显示，理所当然地觉得是李师傅又来理论了。

还有完没完了？这是要和我杠上了是吧？

我们做职粉的，琴棋书画什么的不会，打嘴架还能输吗？

和人硬碰硬是我的必备技能，绝不认输是我的职业素养。

李师傅彻底激起了我的斗志，面对他这种对手，单纯的理论已经无法取胜，必须采取专业手段降服他，于是我践行《职粉就业指南》第一条——卖惨。

我看也不看，接起电话，捏住鼻子制造一些鼻音：“我一个人在这种地方你知道我有多害怕吗？这地方不是鸟不拉屎，是连鸟都没有啊！我又冷又饿又累，你就是我唯一的依靠！你知不知道我刚刚心里在想什么，我在想你就是我的天我的地，你就这么抛弃我了，我感觉天塌地陷了！”

李师傅没回话，很好，看来是我卖的惨起到了很好的效果，引起了他的同情。接下来就要以退为进，从反面激起他的忏悔之心。

“不过没关系，我知道这不是你的本意，我能理解，你有你的难处。我一个人也没有关系，如果我碰到了歹徒劫匪，也和你无关。”

刚才还妙语连珠的李师傅还是保持沉默。

我窃笑，果然饭圈那一套拿到哪里都是通用的。

依照我自创的理论，越柔弱越无辜就越惹人怜爱。

最后一步，放大招的时刻到了。

“真的没事，别管我了，也别给我打电话，我很好，真的。”

“我没想丢下你。”李师傅的声音比起刚才有几分低沉，像是大提琴，怪好听的。

哦？那你还不开着你尾号 4567 的车来接我？

“真的。”他放低了声音，又强调了一遍。

我不是声控，不要妄想用你的嗓音来迷惑我了！谁管你真的假的，快点来啊！天都黑了！

“我就在离你不到一千米的地方，这儿有个小商场，我没走远。”

你就在离我不到一千米的地方，你刚刚不接我的单？

怎么有些不对劲？

我后知后觉地一看手机，来电显示：宋翩然。

这下真的天崩地裂了！

我还不如直接躺下死掉算了！

“老板，”我捧着手机哆哆嗦嗦地解释，“我……我不是那个意思……”

宋翩然没等我说完，打断了我：“你在那里别动，我去找你。”

“别别别！”我大声喊道，“我过去，我过去，就几百米哪能劳烦您亲自走一趟呢！”

“我开电动车去找你。”

我双腿一软，就差给宋翩然跪下了。

就你那脚蹬电动车，等你过来，我顺着这条路能跑两个来回了。

“真的不用了，老板，我已经在路上走着了，你要是再过来，到时候万一咱们错过了不是更麻烦？”

宋翩然觉得我的话很有道理，语气又变得吊儿郎当起来，欠扁地说：“行吧，迈开你那双小短腿走快点儿，这破地方连妙脆角都没有，令人窒息！”

这才是我熟悉的那个宋翩然。

不知道为什么，我一个人走在这荒郊野岭，竟然有点安心。

宋翩然竟然在等我？

“老板。”我吸了吸鼻子，这次是被冻的。

“干吗？”

“谢谢你还特意留下来等我。”

“你怎么脸那么大呢！”宋翩然的音量陡然放大，有些不自然，“谁特意等你了！我是顺便，顺便知不知道？你那个破车太难开了，快点滚过来开车！”

知道了，顺便是吧？顺便在一个连最喜欢的妙脆角都没有的破地方等我。

我心情一下被擦亮了，边哼着小曲儿边蹦着往前走。

“唱什么歌！”宋翩然大喊，气急败坏地打断我，“难听死了！不许唱！”

走了大概十来分钟才有了点人气，田野那头隐约能看见成排的农舍，屋里点着暖黄的灯，灯光连成一片。我又往前走了点，果然看到路边有个两层楼高的小商场。

我松了一口气，快步跑上去，我的小飞驰电动车就停在商场外边，在一众小三轮板车里显得非常别致。

我抬头一看，四个气势磅礴的烫金大字挂在墙上——

天大卖场，下面还有一行花体的英文——very big MaiChang。

这位翻译的英语怕不是宋翩然教的。

商场里店面不多，人也很少，几个附近村子的小孩子刚放学，背着书包跑来跑去地打闹。

我走了一圈，最后在二楼的一个角落里发现了正在抓娃娃的宋翩然。

他戴着口罩，棒球帽压得很低，身高腿长、宽肩窄腰的，在这个灰扑扑的小商场格外引人注意。几个小孩围着他跑来跑去地闹着，他却丝毫不受影响，眉头轻轻皱着，一脸专注。

我走近了一看，娃娃机里面的娃娃既不精致也不可爱，只有一个样式——歪头咧嘴的粉红小猪，隔着玻璃也能看出来粗制滥造的程度简直登峰造极。

我看看娃娃，再看看宋翩然。

行吧，不得不承认，长成宋翩然这样的，即便抓丑娃娃的样子也帅得不行。

“老板，我到啦！”

我小跑到他身边。

宋翩然转头看了我一眼，点点头，马上又扭过头去：“你边上等等，我正忙着。”

他刚投进去两个游戏币，一脸认真地操纵着摇杆，找准角度往下猛地一按——抓到了一只猪的耳朵。

“有了有了！”他盯着那个被夹住的小猪，屏息凝神。

我也跟着紧张了起来，盯着那只猪，连呼吸都暂停了。

“啪——”

那只猪在半空中摇摇晃晃，在即将出洞的最后一刻掉回了猪群里，回到了它的兄弟姐妹身边。

他捶了一下娃娃机，小声叹息：“就差一点！”

“羞羞羞！大哥哥又没抓到！”

那群围着他打转的小孩吐着舌头朝他做鬼脸。

宋翩然作势握起拳头挥了挥，吓唬他们：“信不信我揍你们！”

孩子们嘻嘻笑着，哗啦啦地散开，没一会儿又跑回来凑在他身边。

“咱们不走吗？等会儿天就彻底黑了。”我提醒他。

“等会儿，”他摇摇手，又扔了两个游戏币进去，“我就不信我抓不到了！”

事实证明，他真的抓不到。

我有理由怀疑宋翩然真的只是“顺便”等我一下，他的主要目的还是抓娃娃。

我生生看着他把一兜的游戏币都用光了，还是一个娃娃也没抓到。

“大哥哥真笨！”一个剃着板寸的小男孩背着双手，一本正经地笑话他，“这么久了都抓不到一个娃娃！我们红花幼儿园小小班最笨的人都比你聪明！”

完了！宋翩然被一个穿开裆裤的小孩嘲笑了，世界末日要来了。

宋翩然的耳垂以肉眼可见的速度一点一点变红，我脑子里红灯“唰唰唰”地闪着，启动一级预警。

要是明天网上出现“宋翩然在农村小卖场暴打小孩”的新闻应该怎么办？

没等我想出个结果，宋翩然伸手揪住那小板寸男孩的衣领，蹲下身子和他脸贴着脸，恶狠狠地威胁他：“闭嘴，你这小鬼！再说话我就叫妖怪把你的舌头剪掉！”

没想到这小孩不仅不怕，反而翻了个大白眼：“我们老师说了，世界上根本就没有妖怪！相信有妖怪的人都是傻子！”

武力胁迫无效，宋翩然语塞了，开始使用无理取闹战术：“你们老师怎么知道没有？我说有就有！”

小孩一脸高深地摇了摇头：“我们老师还说了，子不语怪力乱神，看来大哥哥不仅傻，还是个大文盲！”

我憋笑憋得嘴角都酸了，在宋翩然背后悄悄地给小孩竖了个大拇指。

没想到这小孩伸手指着我，说：“不信你看！这个哥哥也觉得我说得对！”

宋翩然“唰”地转过头看着我，脸比锅底还黑，我连忙把双手背到身后，飞快地摇了摇头。

小男孩瘪着嘴，不高兴地说：“原来你们是一伙的！”

我不是啊，我没有！

我在心里呐喊，我是站在你那边的！

理想中的我是一个坚贞不屈、追求真理、富贵不能淫威武不能屈的我，但现实中的我只是一个卑微的打工仔。

卑微的我上前打圆场，说：“老板，算了算了，我们大人不记小人过，咱们宰相肚里能撑船，今天就放他一马。”

我把梯子都给宋翩然搭好了，他只要顺着走下来就行。

宋翩然哼了一声，点点小男孩的额头：“今天就放了你。”

小男孩扬着脖子，理直气壮地喊：“我们老师说了，不以年龄论大小，小心眼的人多大了都是小人！”

我捂着额头，十分无奈。

这位老师真的是个狠人！

宋翩然气得双眼冒烟，在口袋里掏了掏，只剩下两个游戏币，只够再抓一次。他打开钱包，拿出一沓百元大钞塞到我手里："全都给我换成游戏币！我今天就让这个小鬼见识见识我真正的实力！"

有一个说法是这么说的，男人掏钱的时候是最帅的。

我认为应该在后面添加一个条件，男人掏钱的时候是最帅的，但不包括掏出巨额人民币抓娃娃的时候。

我怀疑宋翩然已经贡献出了这个娃娃机一年的营业额。

他把那最后两个游戏币也花完了，还是一无所获。

"快去买币！"宋翩然见我愣着，开口催我。

我试图拯救一下老板的钱包："老板，要不咱不抓了吧，这种毫无技术难度的游戏有什么好玩的？回去驰骋峡谷多好啊！你看现在天都黑了，现在出去恰好可以欣赏夜景，这黑夜低调、神秘、高贵，就如同你的气质！"

他神情愉悦地挑了下眉，似乎有点被我说动了。

我再接再厉，挽着他的手哀切地说："你这么有钱，回去就买十几二十个娃娃机放在工作室里，天天抓天天抓，全工作室的人都围着你看着你抓，多爽！你抓娃娃的时候就好像普罗米修斯，是活生生的艺术品啊！不是什么人都懂得欣赏艺术，除了我们这些真正懂你的人。这里没有你的知音，走吧！”

宋翩然被夸得眉毛都要翘上天了，毛也不奓了，心情也好了，扬了扬下巴：“有点道理。”

“嗯嗯！”我趁热打铁，劝他往外走。

这时候，旁边的一台娃娃机来了一男一女，两人都戴着红领巾。

男孩对女孩说：“赵小谦有什么好的！是不是因为他上星期给你抓了一个娃娃你就和他玩了？”

女孩嘟着嘴，两手紧紧揪着书包带，扭扭捏捏地说：“你连个娃娃都抓不到，不配和我玩。”

男孩把书包摘了，往地上狠狠一扔，气势汹汹地说：“我知道！以前是我林小明太废物了，连个娃娃都抓不到，难怪你不和我玩。他给你抓了一个是不是？我今天就给你抓两个！让你看看谁厉害！”

女孩小脸通红，脚尖踢着地，说：“那你要是抓了两个，我就不和他玩了。”

我摇了摇头，继续和宋翩然往外走。

不是，宋翩然怎么不动了？

我扭脸一瞧，宋翩然眉心紧紧拧在一起，一脸严肃。

我问："老板，怎么啦？"

宋翩然掏出一张百元大钞，拍在我胸口："去买币，继续抓！"

宋翩然这是受什么刺激了？

"老板，还是别……"

宋翩然抬手打断我，说："我可不像林小明那么废物。"

所以这又关林小明什么事啊？

隔壁的林小明正在娃娃机前奋战，女孩站在一边给他加油。

我在买游戏币的地方打听了一下，才知道宋翩然已经花掉二百元了。

我掏出一百元放在桌上："再买一百块钱的。"

柜台的大妈乐得合不拢嘴："今天是个什么好日子，真是财神来喽！"

我揣着一百个游戏币回到娃娃机前，宋翩然已经整装待发、迫不及待了。

一个、两个、三个……七十八个游戏币被吞进去了，机器里的丑猪还是一个不少，一家子整整齐齐。

我百无聊赖地盘腿坐在地上等他，商场里的小孩都被怒气冲冲找过来的妈妈们揪着耳朵拎回家吃饭了，林小明和小女孩也回去写作业了，时间已经到了晚上八点半，宋翩然就像是长在了娃娃机前面。

小桃发微聊问我怎么老板还没回去。

我拍了一张宋翩然抓娃娃的靓照，点击了发送。

【小桃】：老板贼帅了！盘正条顺，这个死亡角度都这么好看！

【我】：这是重点吗？

【我】：给我送一床被子过来，今晚怕是回不去了。

【小桃】：要不要再来一箱方便面？

在我和小桃胡侃的这会儿，眼前出现了宋翩然的那双马丁靴。

他站定在我面前，吹了声口哨。

我抬起头，顺着他修长的双腿一直看到了他的脸，眉毛往上挑着，眼睛里有说不出的得意，他手指尖勾着一只粉红色的小猪崽，在我眼前晃来晃去。

“抓到啦？”

我激动地蹦起来，终于抓到了！终于可以回去了！

“抓到了。”宋翩然拎着短短的猪尾巴，递到我眼前，“刚好用完最后一个币。”

在我眼前晃来晃去的猪崽小小的一个，丑得不行，眼睛

一大一小，鼻孔歪七扭八。

这小猪长得丑兮兮的，身价倒是不菲，足足价值三百块。

“送给你了。”

“啊？”

我摊开两只手掌接过那只猪。

“长得和你一模一样，你就是它爸了。”

宋翩然钦点我为“猪爸爸”。

我和那只猪大眼瞪小眼，简直哭笑不得。

我哪里和这丑八怪长得像了？至少我左右脸长得对称啊！

“我给你儿子起了个名字。”他说。

“什么名字？”

他咧嘴笑了一下，露出一排锃亮的烤瓷牙，一字一顿地说：“齐、国、庆。”

我一脸欲哭无泪。

“不喜欢？”

“喜欢喜欢！”我含泪在猪屁股上狠狠亲了一口，深情地说，“国庆，爸爸爱你。”

下楼的时候，大部分店铺都在准备收摊了，一家卖小饰品的店里，老板叼着一根烟，把铺在地上放布偶的一块布一卷，往店里拖。

我在那块布里瞥见了一抹熟悉的颜色，于是立刻叫住老板："哎，等等！"

"咋啦？"老板转过身。

我在那块布里翻了翻，拎出了一只粉红色的小丑猪。

熟悉的大小眼，熟悉的歪鼻孔，和楼上娃娃机里的猪一模一样。

"老板，这个怎么卖呀？"

老板掸了掸烟灰，眯着眼说："这么晚了就算你便宜点喽，一个三块两个五块。"

噗——

我拿眼角偷偷瞥了一眼宋翩然，他看着那只猪，脸色铁青，嘴角隐隐抽搐。

我在心里感慨，齐国庆啊齐国庆，你可真是命好啊，上了二楼，身价一下就翻了一百倍。

"我买一个。"

我拿过那只小猪，掏出零钱递给老板。

"你买它干吗？"宋翩然冷着脸，生硬地问。

我提着猪尾巴，拎到宋翩然眼前晃荡了几下："送给你。"

"不要！"宋翩然扭过脸。

“我也给它起了一个名字，叫——”我学着宋翩然刚刚的样子，说，“宋、五、一。”

宋翩然冷硬的脸上出现了一丝裂纹，他微微勾了勾嘴角，眼睛弯了弯，迈开大步朝外走，边走边说：“什么破名字，难听。”

我跟在后面：“那你要不要啊？”

“不要。”

“好可怜的宋五一，你爸爸不要你了，要不你就和我姓吧，改名叫齐五一，你有个哥哥叫齐国庆，我一定对你们兄弟俩一视同仁。”我哀切地说。

宋翩然突然停下脚步，转身，从我手里抢过宋五一。

“什么齐五一，更难听了，还不如宋五一。”

他拿起宋五一端详了一会儿，皱了皱鼻子，嫌弃地说：“太丑了！”

“不丑啊，多可爱啊！”

我也拿起我的齐国庆看了看，眼睛虽然一大一小，但是很有神嘛，鼻孔虽然歪歪扭扭，但是很别致嘛。

一股老父亲的骄傲油然而生。

我儿子就是好看！

回去的路上，宋翩然坐在电动车后座，我开车载他。他

一双大长腿委委屈屈地搭在窄窄的脚踏板上，这路实在颠簸，车子开起来的时候我们俩的腿总是晃来晃去的，怪不舒服的。

路黑漆漆的，我一没留神，车子碾过一个小土包，我和宋翩然齐齐颠了一下。

“你这车太小了，你开车技术实在太差。”宋翩然抱怨道。

我小声嘀咕道：“我寻思你开车的技术也没好到哪儿去……”

感觉到身后火辣辣的视线，我头皮发麻，浑身一抖，才想起来我刚刚做了什么。

我反驳宋翩然了？

我当着宋翩然的面嘲笑他的车技了！

这一定是上天对我的考验，我只能寄希望于风声太大，宋翩然刚刚没听清楚我嘀咕了什么。

“把你刚刚说的话重复一遍。”宋翩然语气不善。

“我开车的技术怎么能比得过拥有十年驾龄的您呢？这车也的确小得寒酸，劳烦金贵的您将就将就。您坐稳点儿，如果一不小心被颠出去，擦破了脸划破了皮……”

我越说越感觉不对劲，紧张地问：“老板，你的脸上保险了吗？”

“齐豫！！”

宋翩然一声怒吼打破乡野的寂静。

我吓得浑身一哆嗦，要不是惦记着宋翩然的脸，死撑住了车把手，飞驰电动车零事故的记录就要在我俩这儿终结了。

回到春源小区已经是夜里十点多了，小桃他们都走了，然帅也回窝里睡了。

我打算在一楼的休息间里将就一晚上。

我向宋翩然打申请，问晚上能不能留宿，我就在休息室沙发上睡，绝对不会影响他，明天还能早起帮他遛狗。

没想到今天的宋翩然倒是很好说话，不仅同意了，还让我到三楼客房去休息。

我受宠若惊，屁颠屁颠地跟着他上了楼。

宋翩然丢给我一套他的睡衣，我洗完澡上了床才发现，客房里就一张大床，连个被子都没有。

老板粗心大意的，肯定不会注意到这些。

我打开橱柜一看，里面空空荡荡的，就放着一盒除湿剂和一罐衣物清新剂。

这么晚了，我实在不好意思再去叫宋翩然，只好到一楼

小桃的位置上拿了一条她午休时候盖的小披肩，打算将就着睡一晚上。

这一天过得实在是太漫长，我脑袋一沾枕头，睡意就排山倒海地涌上来了。

迷迷糊糊间，我听到有人打开房门，接着是一阵脚步声。

一只手把我身上搭着的小披肩掀开，又给我盖了一床被子。

软软的，很柔和。

我是不是在做梦？梦里有圣诞老人给我送了一床被子。

“冻不死你。”

原来不是圣诞老人，是宋翩然。

你说宋翩然这人有多讨厌，我在梦里都能听见他骂我。

宋翩然把被角往我下巴底下压了压，又把我耷拉在床沿的手轻轻拢回被窝里。

我肯定是在做梦，只有在梦里宋翩然才会对我这么好。

“晚安。”宋翩然轻声说。

房门被轻轻关上。

我陷入了一个柠檬味的梦里。

工作室的微聊群叫“宝妈互助群”，宋翩然是“宝”。

我酸了，你们呢？

宋翩然生来就在聚光灯下，
我和他的距离远到，就连我在他背后，
他也听不到我在喊他。

向宋翩然妥协是不可能的，这辈子都不可能

前面的姐妹，两人！

第二天，我醒了个大早，睁眼就看到天花板上挂着的水晶灯。

这灯华丽得不行，看着就死贵死贵的，和我家那两块五一个的白炽灯泡怎么不一样啊？

我愣了一会儿，才想起来这是宋翩然家。

于是，我用各种姿势、各种角度在宋翩然的床上打滚，抓紧时间享受最后的欢乐。

爽啊！

老板家的床又大又软，怎么滚都不会硌着骨头；老板家的住处远离闹市，也不用担心早上五点半就被公交车鸣笛声吵醒；就连老板家的被子都是暖乎乎、香喷喷的……

我怎么会有被子？昨晚睡前明明没找着啊？

小桃那条红绿相间的披肩就搭在床头柜上，验证了昨晚的那个梦不是梦。

宋翩然真的来给我送被子了，宋翩然真的给我掖被角了，宋翩然还咒我会被冻死，宋翩然，原来是宋翩然。

虽然他大部分时候又烦人又讨厌，但他救了我，他还说不会让我摔进坑里变成鱼饼，他在没有妙脆角的商场里等我，他抓了一只丑娃娃送给我……

宋翩然他好像……也没有那么坏？

齐小鱼，我在心里告诉自己，宋翩然的粉丝千千万，只有你是职业的，为他操心为他披荆斩棘，他当然应该对你好点儿。

我整个人钻进被窝里，用力甩了甩头。

齐豫啊齐豫，你清醒一点！你忘了宋翩然平时是怎么对你大呼小叫的吗？怎么能因为这么点儿小事就妥协！

妥协是不可能妥协的，这辈子都不可能！十把老虎钳一起上也不可能！

我钻出被窝，大口大口地呼吸了几口新鲜空气，才感觉清醒了点儿。

齐国庆呆呆地卧在床头柜上，瞪着它那双大小眼看着我。

我莫名其妙地有点儿心虚的感觉，一把抓住齐国庆，冲它瞪回去。

“你看什么看！你是不是嫌我这个爹穷？想再要个有钱老爸？”

齐国庆那双眼睛里仿佛写着满满的渴求。

我在它屁股上重重拍了一下：“别想了！不可能的！”

齐国庆被我一拍，屁股上的小尾巴摇啊摇，仿佛在抗议。

我一把将它薅进被窝。

我浑浑噩噩地下了楼，小桃他们已经到了。

骆姐看到我，一脸焦急：“小鱼儿你上哪儿去了？打你电话打了一早上都没打通！大事不好了，你上热搜了啊！”

什么？我上热搜了？

我脑筋还有点儿转不过来，我怎么就上热搜了？

小桃尖叫了一声，喊：“你你你你……你怎么从楼上下来了！”

我一个激灵，彻底清醒了。

“我没有啊！”

七双眼睛齐刷刷地盯着我，那眼神就和见了肉的饿狼似的，恨不得把我扒干净了。

“让福尔摩斯·神算子·罗来为你们解答！”小罗一拍胸脯，成竹在胸，“我以我前《虾说日报》资深娱乐记者的人格担保，你绝对有问题！”

小罗啊，你那日报因为连续三个月爆不出一个料，早就停刊三年啦！

我欲哭无泪，我百口莫辩，我悲从中来，我双腿一软，一屁股坐到了楼梯上，和坐滑梯似的滑了下去。

大理石地面蹭得我屁股疼，我扶着腰，颤颤巍巍地从地上爬起来。

骆姐幽幽地来了一句：“说好一起对抗老板，你却偷偷服了软。”

我一个趔趄，差点又摔了。

“我真是清白的啊，绝对没有背叛组织！”我生生把一口老血咽下去，呐喊，“昨晚实在太晚了，老板就施舍了我一间客房、一床被子！仅此而已啊！”

“真的？”骆姐叉着腰问。

我恨不得对天发誓：“真的，比珍珠还真。”

骆姐点点头，好像相信了。

能不信吗？就这坚贞不屈的语气，连我自己都快信了！

“老板并不是我儿子的……”

“老板不是你儿子的什么？”小桃问。

小桃探照灯似的眼睛盯着我眨啊眨的。

“嘛！”我灵光一闪。

“嘛？”

“老板不是我儿子的嘛！”我打了个响指，眼睛往楼上瞟了瞟，压低了声音，“咱们平时不都开玩笑说宋翩然是咱们儿子吗？”

就连我们工作室的微聊群名都叫“宝妈互助群”。

小桃挠挠头：“嘿嘿，是哦。”

我和她贼兮兮地击了个掌。

所有问题都完美解答，我松了一口气。

“不可能啊……”小罗摩挲着下巴，若有所思，“我资深娱记的直觉不可能有错啊。”

“真的！”我一口气还没松完就又给憋回来了，“罗啊，你就别再提你那个资深娱记了，你要是有那么准的直觉，现在也不至于沦落到给宋翩然打工啊。”

这时，骆姐说道：“行了，别扯皮了！小鱼儿你快上网，你在热搜挂了半个多小时了都。”

成功转移了话题。

感恩的心，感谢骆姐。

我刚松了一口气，心头又猛地一跳——我上热搜了？还在热搜挂了半小时了？

我一声哀号，立即打开了电脑。

新狼新闻 V：“# 宋翩然 车祸 # 宋翩然将车借给友人，竟发生交通事故【惊吓】【惊吓】昨日，宋翩然名下的一辆车于 S 市古塘村北路发生交通事故，撞歪灯柱，所幸现场没有人员伤亡，经警方调查，驾驶者并非宋翩然，而是宋翩然的好友。”

配图为我在接受警察问话的图片，警察叔叔的脸打上了马赛克。

评论里粉丝们统一口径控评，齐刷刷的一片“翩然不知道，不关翩然的事，请多多期待宋翩然第二张个人专辑《走火》”。

偶尔有阴阳怪气的黑粉暗戳戳讽刺宋翩然：“好崇拜我们顶级流量翩然哥哥！随便一辆借给别人开的车都好几百万呢！不过翩然哥哥找替身拍几天戏就赚回来了！翩然哥哥冲呀。”

实在是令人嗤之以鼻。

都什么年代了，还玩这么低级的离间计，这种手段连反黑站都懒得多看你们一眼好吗！

我一气之下点了“举报”，反黑站不管我来管！

其实事态并不严重，虽然随手一刷满屏都是宋翩然，但

也只是因为"宋翩然"这个名字自带流量罢了。

明眼人看报道都能看出来，这件事和宋翩然没什么关系，这次交通事故也没多严重。

但问题是，为什么把我拍得这么丑啊？

图片上的我正在和警察叔叔嬉皮笑脸，和冷酷正义的警察一对比，眯着眼、缩着脖子的我格外猥琐。

替宋翩然背了个锅不算惨，毕竟他是我老板；被拍成一个眯眯眼不算惨，毕竟我不靠脸吃饭。

最惨的是在这种情况下，我还要抓住时机替宋翩然稳定粉丝情绪啊！

我登上"偏偏喜欢小翩翩"的账号，首页一片岁月静好，甚至还有点温馨。

"哥哥好酷啊，七位数的跑车说借就借！"

"我也想有哥哥这种朋友！"

"宋翩然你过分了啊！把跑车借给别人经过我同意了吗？我不是这个家的女主人吗？"

"崽崽你怎么回事呀，妈妈不许你把这么贵重的东西借出去，败家崽崽，就是仗着妈妈疼你不舍得打你是吧【叉腰】【叉腰】！"

看了这些，我心里很安慰，甚至有种自己的孩子长大懂事了的感觉。

小粉丝们长大了，不需要我这个职粉也能把节奏带起来了。

我从素材库里面找出来几篇用得上的截图，轻车熟路地打开编辑器，十几分钟就拼凑出了一篇长文章。

“#宋翩然 车祸#不管怎么样，车是小宋的@宋翩然，小宋出来乖乖挨骂。不过我们家小宋就是一个喜欢和别人分享东西的乖孩子，对朋友一直都是很大方的呢！与其关心一场意外的小事故，不如一起来看看这些年小宋送出去和借出去的东西吧【心】。”

文字下配了两张长图，列出了这几年来圈内人收到过的宋翩然送的礼物，有他送给朋友的限量版跑鞋，有他请全剧组喝的奶茶、吃的大餐，甚至有一次跨年，他把自己的房子拿出来给全工作室开派对。

长文一发，小粉丝们纷纷转发，没多久热搜首页就被这篇文章占领。

我切了小号，偷偷摸摸地到官方新闻那条某博评论下刷了刷。

毕竟第一次上热搜，还是带正脸的，内心难免有点小激动。

一千多条评论我翻了个底儿朝天，也没见一条是关于我的。

重点错了啊，各位！看图认清男一号啊！

我实在忍不住，发了一条评论。

今天的瓜儿一毛钱：难道没人觉得宋翩然的这个朋友长得有一点点帅吗？

我惴惴不安地抖着腿等着，一分多钟过去了才有了一条回复。

帅哥扭蛋机：嗐？

我气得鼻孔冒烟，手指快把手机戳烂了，回复他。

今天的瓜儿一毛钱：我就觉得帅啊，关你什么事！

帅哥扭蛋机：哦，没想到你喜欢这种的，呵呵。

还呵呵？

我咬着牙恨恨地回复他：我就喜欢，不只我喜欢，没准宋翩然也欣赏呢！人家可是宋翩然的好朋友，你算个啥？指不定你在网上骂完人家，现实里宋翩然还得去安慰，气不气？就问你气不气？

发完这一句话，我瞬间感觉身心舒畅，靠在椅背上美滋滋地喝着花茶。

随手一刷首页，刷出来一条新博文，宋翩然发的。

宋翩然V：感谢各位关心，车送去修了，警察叔叔辛苦了，撞坏路灯的小朋友也已经接受教训了。

配图是他仰面躺在床上的一张自拍照，角度挑得很好，鼻梁挺拔、睫毛乌黑。

我撇嘴，请问图文有关系吗？

“齐小鱼，上来。”

就在我吐槽他的时候，宋翩然靠在二楼栏杆上冲我勾了勾手指。

我手一抖，花茶洒了一裤子。

“你坐那儿孵蛋呢？”宋翩然对我的耐心只有三秒钟，他曲起指节，叩了叩栏杆，“快点滚上来！”

我拍拍屁股，飞快地跑上楼。

“老板，干吗？”我殷勤地问。

他挑了挑眉，不满地说：“配副眼镜，下次看清路，别再往灯柱上撞。现在看来眼镜不够，得再买一套助听器。”

天地良心啊！撞坏路灯的是我吗！

宋翩然这厮太不要脸了！我当时就应该和记者说是他撞了灯柱！

“你叽里咕噜嘟囔什么呢？”

“老板说得好，说得对！”

宋翩然摆摆手："跪安吧。"

我转身没走两步，他又下达了最新命令："给我买几箱妙脆角，家里快没存货了。"

吃吃吃，就知道吃，要不要我再买罐泻药你一起吃了算了！

"你又在咕咕叨叨什么玩意儿？"

"小鱼代购，使命必达！"

下午，我陪宋翩然去录制新歌。

陪录本来不属于我的工作范围，但是大巫婆亲自发话，要我一起过去。

大巫婆，全名苏辛迪，英文名 Cindy，宋翩然的小姨妈，兼公司大经纪人。

曾经有一个娱乐记者，锲而不舍地在苏辛迪家门口蹲了半个月，蹲到了她当时的丈夫和她手里一个当红小花的婚外情。

当时苏辛迪正在国外出席一个慈善活动，知道这个消息之后不动声色，淡定地完成了全部工作。回国之后，她雷厉风行，先雪藏小花，再和前夫打离婚官司，那个渣男最后净身出户，连苏辛迪给他置办的几套高级定制西装都带不走。

最后，她找到了在小区门口蹲点的那名记者，脱下高跟鞋，狠揍了他一顿。

那个小花现在靠在酒吧卖唱为生，那个渣男在网吧做网管，三天两头哭着来找苏辛迪求复合。

至于那个被恨天高砸得头破血流的记者小罗，现在在宋翩然工作室做公关。

苏辛迪来电的时候，宋翩然正百无聊赖地窝在一楼的沙发上，跷着腿搭在然帅身上，一边吃妙脆角，一边监工找我们的碴儿。

苏辛迪的声音永远是一板一眼冷冰冰的："下午录歌，三点半我开车去接你，别迟到。"

我和小桃偷偷对视了一眼，小桃比了个剪刀手。

太好了！事儿精终于要走了！再也没有人嫌弃我坐姿不端正，嫌弃小罗桌上的陶瓷水杯照不出他精致的脸庞，嫌弃小桃的帆布鞋配色丑陋，就连窗台上的仙人掌不开花都能被他一通挑剔。

宋翩然开着免提，扔了一个妙脆角到嘴里，咯吱咯吱地嚼着，不耐烦地说："知道了知道了。"

"把你那个'粉刺'也带上。"苏辛迪吩咐。

"什么？"宋翩然非常慌张，一个鲤鱼打挺坐了起来，

“我长粉刺了？不可能啊！然帅你看看，我长没长？”

然帅被他突然的动作吓了一跳：“汪汪！”

苏辛迪沉默了两秒，才硬邦邦地说：“我指的是那个谁，齐什么鱼的，把他也带来。”

我听到这句话的第一反应是双腿发软，日理万机的大经纪人亲自来找我这个小虾米干什么？

“哦，他啊！”宋翩然看了我一眼，冲我安抚地笑笑，然后一本正经地解释，“你别这么说他，他不是我的‘粉刺’。”

我也冲他笑了笑，心里有点小感动。

宋翩然眉梢一挑，吊儿郎当地说：“他还不够格长在我英俊帅气的脸上，顶多是块灰指甲。”

“噗——”小桃一口水喷在电脑屏幕上。

我的微笑还僵在脸上，风嗖嗖地从我的齿缝里灌进去，真冷啊。

宋翩然朝我挑挑眉：“‘小指甲’听见了没，下午陪我去录歌。”

我果然不该对宋翩然抱有任何期望。

如果一定要在长在他的脸上和长在他的脚趾头上做出一个选择的话，我宁愿选择了结我年轻的生命。

我坐立不安地盯着墙上的时钟，时针指到“3”的时候，我心重重一沉，感觉自己的生命进入了死亡倒计时。

小桃看着我，一脸怜惜，从她的抽屉里拿出一包酒心糖递给我。

“谢谢。”我剥开糖纸，“你的意思是让我喝点酒壮胆吗？”

小桃摇摇头：“我的意思是让你上路前吃点好的。”

我哑口无言。

骆姐没忍住笑，给我接了一杯热水，拍拍我的肩，安慰我：“你别听她瞎扯，辛迪哪有那么可怕，她又不吃人。”

“她是不吃人，可是她会挑粉刺啊！”

我拿手指比了比我自己，一脸愁苦：“我就是那颗小粉刺，巫婆肯定是想挑了我。”

“我也想被小辛迪挑粉刺。”

旁边飘来了一个幽幽的声音，语气里饱含艳羡和嫉妒。

小罗两手捧着脸，脸颊红扑扑的，姿势十分少女，眼神沉沉地盯着我。我浑身鸡皮疙瘩都被他盯起来了。

“小鱼儿，你竟然被女神召见了，你知道我等这一天等了多久吗？整整两年零八个月了！”

骆姐摇了摇头，拿手捂住了耳朵。

小桃翻了个白眼，戴上了耳机。

我在小罗即将开始第一百〇八次述说他和女神美好邂逅的故事之前，冲过去堵住了他的嘴。

“小罗啊，别说了，我懂，我都懂。”

小罗感动地眨眨眼，抓住我的手：“鱼儿，你懂我！”

我重重地点头：“言语过于苍白，无须多言，一切尽在不言中！”

小罗有些激动：“那你帮我分析分析，我和小辛迪到底有没有缘分！那是两年零八个月前的一个冬天，天空下着鹅毛大雪……”

我尽力了，但还是没拦住。

“那天，小辛迪把我砸了个头破血流，然后淡定地穿上鞋，一撩秀发，对我说，我觉得你很有耐心，也有魄力，别做娱乐记者了，以后就跟着我。”

我也学小桃，戴上了耳机，盯着电脑，假装专心工作。

小罗眼神飘忽，陷入了美好的回忆里。

“你说她要是对我没意思，为什么要打我，打完我还要把我带走呢？”

小罗转了一圈，发现没人理他，只有然帅，瞪着黑葡萄似的大眼睛看着他。

“然帅，你说，辛迪对我有意思没意思？”

然帅打了个嗝，趴在地上闭上了眼。

苏辛迪坐在驾驶座上，红唇似血，眼妆精致，涂着紫色指甲油，细腰带紧紧扎着小蛮腰，钻石胸针闪闪发亮，从头发丝到脚指头没有一处不完美。深蓝色小皮包搭在副座，上面还丢着几份文件。

见我们来了，她抬手看了看表，眉头轻轻皱了一下。

宋翩然先把背包丢上车，人再爬上去，歪歪扭扭地瘫在座位上。

我坐在他身边，双脚并拢，两只手搭在膝盖上，模仿小学生标准坐姿，连呼吸的频率都降到最低，试图减少自己的存在感。

“小姨你换车啦？”宋翩然嬉皮笑脸地和苏辛迪打了个招呼，“还挺宽敞。”

“工作时间叫我 Cindy。”苏辛迪一副公事公办的样子，扭头看了一眼宋翩然，眉毛一挑，问，“你包上挂着什么鬼东西？”

我瞄了一眼，苏辛迪不说我还真没注意，宋翩然包上竟然挂着宋五一。

老板果然不拘小节、品位独特，把一个三块的玩偶挂在

三万的包上。

宋翩然挠了挠猪下巴，嘴里还一边弹着舌头，发出逗小孩的声音。

“你说这个？我儿子。”

苏辛迪嫌恶地看着宋五一，下了一个中肯的结论：“丑。”

“是挺丑的。”宋翩然架着猪下巴，左左右右仔细端详了会儿，抬头对我说，“随你。”

我刚想反驳，抬眼看见面无表情的苏辛迪，默默咽了口唾沫。

苏辛迪什么话也没说，但从后视镜里冷冷淡淡地扫了我一眼。

她的深黑色眼线在眼尾勾出一个微微上挑的弧度，看人的时候自带一种蔑视全宇宙的强大气场。

我脖颈一凉，一股凉意从尾椎骨噌噌蹿上天灵盖。

“我也有儿子！”

为避免误会，我赶紧从自己的包里掏出丑得如出一辙的齐国庆晃了晃。

看见齐国庆之后，苏辛迪看我的眼神更冷了。

我这才意识到不对，手忙脚乱地把齐国庆重新塞回包里，把包塞到屁股底下。

宋翩然“扑哧”一声笑了出来，趴在前座的座椅上，说：“行了姨，啊，不是，Cindy，你别吓他了。”

“吓跑了不是更好。”苏辛迪右手食指轻敲着方向盘。

“那不行啊！”宋翩然重新靠回座位上，坐没坐相，一副懒洋洋的样子，语气却格外认真，“我的人，谁动一下都不行。”

苏辛迪冷哼了一声。

车里气氛突然有点紧张，我咽了口口水，缩起脖子垂下眼睫，装作不存在。

他们在说什么商业机密吗？最怕空气突然安静啊！

算了，反正听也听不明白，不如继续假装透明人。

“你打开车门的时候离三点半已经超出两分二十秒。”苏辛迪戴上半张脸大的墨镜，显得更加不近人情，“你什么时候能有点时间观念？”

她就像我小学那个魔鬼班主任，你迟到的时候她也不吼你不骂你，就是坐那儿面无表情地看着你，平静地问：“你什么时候可以不迟到？”

然后在今后的一整个学期，都用这种冷暴力来对待你。

苏辛迪总是唤起我的童年阴影，被她看一眼，我就觉得自己犯了天大的错误，要是被她用这种语气说上一句话，我

就可以打报告准备退学手续了。

宋翩然却不怕她，满嘴跑火车："我就是个早产儿，我妈生我的时候就没有时间观念，这毛病遗传的，你问你大姐去。"

苏辛迪嘴角隐隐抽搐了一下，语塞了。

我心中一股敬佩之情油然而生，宋翩然牛！

对付苏辛迪这种高级精英，果然还是要宋翩然这种混子来。

宋翩然拿出手机打起了游戏。

"他没有时间观念，你这个做下属的也没有？"

我动作一僵，两只手尴尬地架在空气里。

果然，我就是那个可怜的小灰指甲，大巫婆这是要来修剪我了。

我接着装聋作哑。

"你说他干吗？"宋翩然打着游戏，头也不抬，"我出门前找不到钱包，耽误了点儿时间，实在不行我给你做口头检讨行了吧？我错了，我真的错了，我不该……哎！又死了！哦，我刚说到哪儿了？我错了，真的……"

"别给我贫！"苏辛迪打断他，眉头紧皱，语气十分不悦，"昨天又是怎么回事？宋翩然的车出了事，这件事如果没处理好，你知不知道会给他带来多大麻烦？”

这是终于进入正题了。

昨天那件事一出，我就料到要被高层训话。

虽然事情处理得及时，表面上看是和宋翩然没关系，但毕竟出事的是他的车，只要和他扯上一丁点关系，就是娱乐记者手里最好做文章的事。要说这件事对宋翩然完全没有负面影响是不可能的。

但我已经竭尽全力把宋翩然撇干净了。

我有点委屈，又不知道该怎么和苏辛迪解释，心里像是有一股酸酸胀胀的气体，堵在喉咙口，却找不到通道把它排出来。

宋翩然突然把手机扔到我腿上：“替我打会儿，输了饶不了你。”

“哦。”

我拿起手机一看，这还怎么赢啊？

瞬间，我心里更难受了，甚至有点想哭。

“饭店监控我已经拿到了，划车胎的人也找出来了。你最好解释清楚，昨天究竟是怎么回事。”苏辛迪目不斜视，一边开车一边说。

宋翩然往我这边靠了靠，身子前倾，就好像把我整个人

挡在了身后。

“车是我开的，路灯是我撞的，是他让我先走的，这锅他是替我背的。”宋翩然认认真真地说。

苏辛迪对这个答案竟然丝毫不感到意外。

也对，她既然拿到了饭店监控，肯定也看到了当时开那辆车的人到底是谁。

“那你接着解释，那个时间你为什么会和他出现在那个地方？”

苏辛迪推了推墨镜，我从后视镜里看见她深色的指甲油，晃得我眼睛疼。

“这就是我自己的事了，你也得允许艺人有点自己的私人空间吧。”宋翩然说。

公司楼下常年蹲着扛着摄像机的粉丝，一年三百六十五天，不分昼夜，风雨无阻。

天热了就铺床凉席，天冷了就支个帐篷，饿了就点个外卖，困了就相互靠着眯一会儿，看着比人还沉的背包里装的全是相机备用电池和手机充电宝。

有次一个外卖小哥来送餐，大喊一声：“宋翩然宝贝哪位？宋翩然宝贝你外卖到了！”

门边的小草坪上齐刷刷站起来十几号姑娘。

后来每个人都自觉给自己编上号，订外卖的时候名字写“宋翩然大宝贝”“宋翩然二宝贝”……以此类推，序号上不封顶。

据公司门卫老李说，现在出现过的宋翩然宝贝编号已经排到八十八号了。

那块可怜的草坪被“宝贝”们踩踏得不成样子，稀稀拉拉，小草东一块西一块的，极其丑陋。

后来还是我给想了个办法，在草坪上插了一块牌子，三个大字写着“宋太坪”，还贴了张宋翩然坐在草坪上微笑的照片，下面配一行小标语：

爱翩然，就爱护我们共同的小家园。

这个方法果然奏效，“宝贝”们立刻转移阵地，不在草坪上窝着了，改到大门口平地上待着。

草坪起名为“宋太坪”后，宝贝们爱护是爱护了，问题就是爱护得过火了。

她们闲着没事儿干就去浇个水施个肥，原来那块草坪就是看着可怜了点儿，草还是有那么几根的。被这么一折腾，现在是彻底秃了，灌一百瓶霸王生发水也救不回来的那种。

这件事后来上了热搜，宋翩然黑称之一“斩草先生”就是从这里来的。

翩然过境，寸草不生！

车开到公司楼下，那群小姑娘正盘腿坐地上打牌，看见有车过来，手里的牌一甩，扛着相机乌泱泱地围过来。

前座门开了，苏辛迪挎着小提包袅袅娜娜地下了车，姑娘们一哄而散。

还没等盘腿坐回去，后座门又开了，宋翩然戴着棒球帽，帽檐压得很低，长腿一跨，从车上下来。

现场诡异地静默了一秒，然后——

“啊！”

“活的！是活的！”

“翩然啊——老公——”

“哥哥看镜头！哥哥笑一下吧！”

宋翩然的手机落在了座位上，我抓起手机，跳下车：“老板，你手……”

快门咔嚓声和着尖叫声一瞬间爆发，一群姑娘簇拥着宋翩然往里走，我在后面，只能看见人头攒动中宋翩然戴着的那顶黑色棒球帽。

粉丝们声嘶力竭地表达着爱意，她们的声音像是一道无形的屏障，把我和宋翩然远远隔开。

我紧紧抓着宋翩然的手机，莫名其妙地多愁善感起来。

宋翩然总是给我一种错觉，好像我和他靠得很近。但其实，他生来就在聚光灯之下，是人群里闪闪发亮的那个人。我和他的距离远到，就连我在他背后，他也听不到我在喊他。

我不自觉舔了舔嘴角，总觉得有点不是滋味儿。

“咦？”有个走在人群后面的小粉丝看见我，“你不就是开哥哥车出事的那个人吗？”

她皱着眉头，紧盯着我，我没想到能被认出来，愣在原地不知所措。

前面的人也注意到我，停下脚步，齐齐转身，开始窃窃私语：

“就是他啊，照片上那个人。”

“他就是害翩然被营销号黑的那个？”

“我真的气死了，他还敢跟来公司。”

我从来没见识过这种阵仗，听力突然变得无比敏锐，每一个字都捕捉得清清楚楚，大脑瞬间出现了持续的空白。

黑洞洞的镜头对着我，像是某种吞噬人的怪物，快门声呼啸而来，把我淹没。

我被闪光灯晃得眼睛酸疼，抬手遮住脸："别拍我，你们别拍我。"

头顶突然出现一片黑影，宋翩然退回来拨开镜头，来到了我的面前。

宋翩然往我头上戴了一顶帽子，把帽檐往下压，那是他自己戴着的棒球帽。

他揽住我的肩膀，带着我往公司里走，我紧紧缩着肩膀低着头，看见他踩着球鞋往前迈着步伐，步伐稳健又坚定，就像我此刻的心跳。

"拍我还不够吗？还要拍其他人？"

我听见他对粉丝说，声音里带着点小小的俏皮和委屈。

"啊——"

"哥哥看这里！笑一下吧！"

人群中又开始爆发出一阵阵的尖叫，我低着头都能感觉到闪光灯灼人的频率和亮度。

宋翩然揽着我肩膀的那只手微微抬起，手掌遮住了我的眼睛。

"闭眼。"

他刷卡开了公司大门，把我先推进门，然后探出头，冲粉丝们比了个心。

“只可以发我的照片哦，不然我就吃醋了。”

翩然出来挨夸！
还是宋翩然最好。
保护我方宋翩然！请把“保护”打在公屏上。
你看我变颜色了吗？
老戏骨齐豫竟然被花瓶宋翩然秒杀了。
我只和废物开黑，
宋翩然就是
那个废物。
CHAPTER
04
你也充公了
还是宋翩然最好。
宋翩然这是要我一辈子为他当牛做马
陪玩游戏兼采购妙脆角的意思啊！

宋翩然代言的一个国产电脑马上要出新系列，品牌方那边要求公司拍一套宣传图，下个月上新做推广用。

宋翩然被一群化妆师拉去做造型，我在化妆间外面的楼道等他。

闲着无聊，我打开游戏玩了一局，匹配到的队友个个超神，六分钟一到对面就主动缴械投降。

这种毫无挑战单方面碾压的局打得我昏昏欲睡，游戏体验极差。

没意思，好没意思。

上一局的一个队友发来组队请求，邀请我一起开黑，我毫不犹豫点了拒绝，回复道："我只和废物开黑。"

好友列表里"举世无双 .hunter"的头像暗着，我点开战绩一看，明晃晃的十二连败。

我撇了撇嘴，果然没了我不行吧。

唉——

宋翩然什么时候忙完？

没了废物队友，打游戏也不香了，没劲。

我又打开某博随手一刷，满屏都是刚才宋翩然进公司的图片。

我的天！粉丝们手真快啊！

我胆战心惊地刷了刷，还好还好，全都是宋翩然的单人镜头，角落有我的地方要么被糊掉了，要么被水印挡掉了。

首页全是花式表白——

“是新鲜的翩然哥哥！”

“看到崽崽我又能活了。”

“老公素颜也这么帅。”

……

“我没看错吧？哥哥包上挂了个猪？哈哈哈，笑死我了。”

有个小粉丝慧眼如炬，截图放大了宋翩然包上挂着的宋五一，引发了热烈讨论。

“粉红猪？这不是我的酷 boy（男孩）！”

“宋翩然你要是被绑架了你就眨眨眼 @平安 S 市。”

“我宋翩然！一个顶天立地的男人！绝不可能有玩偶！就算我从十八楼跳下去，也不可能！”

“喜欢粉红猪猪的宝宝真是妈妈的好宝宝，今天过节了！”

还有一小撮粉丝疯狂在扒最近哪个奢侈品牌出了小猪玩偶，国内外几个高端大品牌翻了个遍，也没找出来。

我心里窃窃开心，有种众人皆醉我独醒的愉悦感。

我把齐国庆从兜里拿出来放到膝盖上，手机屏幕对着它，说：“儿子你看看，你好兄弟宋五一火了，你别羡慕哈，咱们还是当个普通猪好。”

我捏着齐国庆的头按了按。

“乖儿子真懂事儿，还知道点头了！”

齐国庆的尾巴晃了晃。

我在它屁股上捋了一把：“宋五一在外头再风光又怎么样，你的身价可是它一百倍呢，咱比它厉害多了！没什么好自卑的对不对？”

就在我和齐国庆互动的这会儿，宋翩然粉丝群里炸了锅。

消息栏提示一下蹿到999+，我点开一看，立刻被扑面而来的辱骂以及诅咒劝退。

“关吟今天吸血了吗？吸了。”

“关贴贴家人知道贴贴这么爱倒贴吗？”

我发了一条“怎么回事儿啊”，一秒之内就被群里的关

吟黑图淹没。

虽然宋翩然粉丝在群里骂关吟已经成了一项日常活动，出太阳了骂关吟想晒死她们，刮风了骂关吟想冻死她们，考试考砸了、被领导批评了也是关吟的锅，就连大姨妈推迟了都是因为看丑八怪关吟看多了导致内分泌失调。但是这么突然地、大规模地爆发集体辱骂活动还是比较少见的，除非——

除非关吟又开始蹭宋翩然的热度了！

我一声哀号，点进关吟的某博账号一看，三分钟前有一条新动态发布。

关吟V：小关关携小猪猪提前祝大家猪年快乐！给大家拜年啦！

配图是关吟的自拍，穿着深V低领针织衫，脖子上挂着一条显眼的金猪项链。

这要不是蹭热度，我头剁下来给关吟当球踢啊！

前脚宋翩然这边出了图，后脚关吟那边就发了指向性明显的一条动态，更何况现在离猪年还早着呢，你拜的什么年呢？

我除了气愤，更多的还有疑惑。

关吟搞这种小动作不是一次两次了，他就是算准了这么炒热度工作室官方是不可能出面回应的。要说对宋翩然造成什么大的负面影响倒也不至于，但三番五次的就是添堵，粉丝心里不痛快，工作室这边也拿他没办法。

要说这件事损人利己倒也罢了，关键是损人他还不利己啊！关吟自己下场蹭热度除了能讨好一下双担粉，其他什么好处也没捞着。

我合计了一下，要么就是组合时期关吟和宋翩然有仇，不管怎么样就是要让宋翩然不爽；要么就是关吟对宋翩然的友情太过真挚，三天两头做点小把戏让宋翩然忘不了他。

要是前者也就算了，要是后者嘛……

双担粉大批涌入那条发了宋翩然背包图的动态底下，占领热评和热转。

“破案了破案了，我说哥哥怎么突然带个猪呢？敢情是因为弟弟啊！”

“这是什么暗戳戳的绝美友情啊！怕了怕了。”

我刷新了几次，我的老对手“翩然入关来”怎么还没来？

你别说，两天没见，还挺想念。

就在我念叨她这会儿，她就姗姗来迟了。

果然，在捆绑热度这件事上，“翩然入关来”可能会迟到，但绝不会不到。

“弟弟的世界里，在意一个人就要昭告天下，所以他发

了那张照片，恨不得向所有人宣示主权。哥哥的世界里，在意一个人从来都只把他藏在心里，但他从不挂任何装饰品的背包上，还是挂上了弟弟最喜欢的幼稚玩偶。他们之间的友谊，从来不是单箭头。”

还是熟悉的味道，还是熟悉的配方。

谁看了这篇绝美小论文不会为哥哥弟弟的友情落下热泪呢?

我冷笑一声，开始了我从业生涯以来和“翩然入关来”的第三十六次交锋。

我做职粉这两年多来，战斗过的双担粉手拉手可以绕地球三圈，但只有“翩然入关来”，是我唯一的劲敌。

她清奇的脑洞，宛如九天仙女下凡般文艺造作的气质，没糖造糖、实在不行就把刀片当糖吃的毅力，引起了我生理和心理的双重不适。

但说实话，要是哪次掐架少了她这做作的优美小论文，我还真觉得浑身没劲，提不起战斗欲。

我又仔细拜读了几遍那篇小论文，不得不说，“翩然入关来”的节奏带得是真好，完全把握住了粉丝心理。

我甚至有些怀疑她也是个职粉，是关吟花钱雇来的。

我盯着齐国庆，沉思了许久，最终还是决定出卖我儿子的色相。

我给齐国庆拍了一张高清正面照，登上“翩然战斗机”这个战斗大粉账号，也发了条新动态。

翩然战斗机：Excuse me？（什么？）我手里这个猪还和宋翩然的那个长得一模一样呢？我是不是也能和宋翩然称兄道弟啊？劝某些双担粉心里有点数，科学实验表明，把刀当糖嗑迟早会嗑傻的。

这条动态一发出去，三分钟二十九个转发，其中二十七个被转发了好友圈，说明大部分转发是对家贡献的。

我一口老血梗在喉头，掐架最大的乐趣就在于有来有回地交锋，转发好友圈算怎么回事，实在是影响掐架体验。

你有本事转好友圈说我坏话，你有本事站出来开麦大声喊啊！

我又在评论里恶狠狠地补了一句：转发好友圈的今晚口红眼影全部摔碎、脸上爆痘、车牌永远限行、地铁永远挤不上去哈【微笑】【微笑】。

这句恶毒诅咒果然奏效，没等到“翩然入关来”公开回应，她的拥护者们就率先冲上来叫嚣，一个叫“今天吟诵合体了吗”的双担粉冲锋在前：

“某些唯粉不要太自以为是了吧，你以为宋翩然和你似

的？一股恶臭穷酸味儿涂三十斤粉底都遮不住，翩然哥哥的猪自带一股王霸之气，就你那几块钱的歪鼻子斜眼地摊货也敢拿出来装皇亲国戚，你侮辱谁呢？”

嘲讽，赤裸裸的嘲讽。

我侮辱谁？

我侮辱的就是你们这群有眼不识王霸它爸的缺心眼啊！

就宋翩然那三块钱一个的猪仔都好意思称王霸，这是不把我家三百块的齐国庆放在眼里啊！

我拍拍齐国庆的头，安慰它：“儿子不气，别理她们这群不识货的，咱们可是王中王！”

齐国庆蔫巴巴地趴在我膝盖上，连猪尾巴都不摇了，小尾巴软趴趴地搭在小屁股上。

瞧把我儿子气成什么样了！

我手速飙到极限，飞快地打字回应。

翩然战斗机：双担粉们睁大你们的双眼看仔细了，我的猪和宋翩然的猪哪里长得不一样了？其次，我家的猪不是三块钱，是三百块钱，谢谢。

“今天吟诵合体了吗”估计是在屏幕那头双眼发光，时刻盯着我，我一发出去她就秒回：

战斗机姐姐好牛啊，我给姐姐端一杯卡布奇诺好不好啊？

我某宝随便一搜，批发价十块钱十斤的猪玩偶也和你那个长得一模一样……不如姐姐和批发厂厂商称兄道弟好不好呀？有了新朋友就放了我哥哥吧求求你了【可怜】【可怜】。

我看着她配的那张图，成群的猪玩偶挤在脏乱差的小厂房里，个个都是歪鼻子大小眼。

都不用做亲子鉴定，就看这脸，就能看出来这些都是宋五一和齐国庆的同胞兄弟。

我一拳捶在掌心，决策失误啊！重大失误！

没想到齐国庆这玩意儿竟然这么容易就被扒出了出身，还十块钱十斤？拿大麻袋装着称的？

我揪着齐国庆的猪尾巴，实在是难以置信："齐国庆啊齐国庆，我万万没想到，你竟然是按斤卖的？"

痛心疾首，痛彻心扉。

虽然早知道这是个便宜儿子，但万万没想到它这么便宜啊。

我一看，齐国庆粉嫩粉嫩的小脸蛋上写满了四个大字——成本低廉。

我平复了一下心情，心中默念"父爱如山"，再仔细一看。

那双湿漉漉的大小眼直愣愣地盯着我，可怜得不行。

算了算了，毕竟是宋翩然花了三百个游戏币才抓到的，再廉价那也是我儿子，跟了我姓的。

我慈爱地撸了一把猪身子。

那边，双担粉还是不依不饶，追在我屁股后面嚷嚷。

今天吟诵合体了吗：战斗机姐姐怎么不说话了？不会是家里断网战斗机发动不了了吧？要不和我们分享分享这三百块的猪是在哪个奢侈品店买的？有小票吗？秀一下让我们这种小人物也见见世面呗【偷笑】【偷笑】。

我气得汗毛倒立，这时候要是顺着她们的思路死死纠缠齐国庆的身价就不明智了，我果断转移阵地，采用《职粉掐架守则》第二条：避重就轻。

翩然战斗机：这个小妹妹一次问了太多问题，有点回答不过来。我就回答一下你ID提出的问题吧——没有，昨天没有，今天没有，明天没有，永远不可能合体的。说实话，有时候我也挺羡慕你们，睡眠质量真好，大白天的还做春秋大梦呢【可爱】【可爱】。

“今天吟诵合体了吗”陷入了沉默。

两分钟后，她终于爆发了——

“唯粉毒奶粉喝多了吧？我们圈地自萌关你们什么事？轮得到你出来指指点点？我撕烂你的嘴，把你用铁签串好拿到火上炙烤，撒上一把孜然我一口吃一个！”

我第一反应是一把遮住齐国庆的眼睛。

“小孩子不可以看这些，这些是脏话，小孩子不可以看。”我语重心长地教导它。

终于骂脏话了，我激动得恨不得原地表演一个旋转跳跃不停歇！

掐架的第一阶段是温和地互放狠话，这个阶段以彼此试探为主，你在我脸上弹一下，我在你身上撩一下，小打小闹而已。

一旦一方开始骂脏话，就代表着掐架有了实质性进展，这时候就可以开辟出主战场——捋时间线。

我把那条消息截图，发了条新消息。

翩然战斗机：首页都来看看这位号称“圈地自萌”的双担粉是什么态度，小小年纪说起脏话倒是一套一套自成体系。我之前发的几条动态里没有一条提到你们双担粉吧？上赶着来对号入座不说，还满嘴脏话。贵后援会看看这位粉丝你们收不收哈 @吟诵后援团。

这条动态一发，首页吵得不可开交。

宋翩然唯粉大举入侵，由于人数差异巨大，双担粉那边节节溃败。

半天没动静的“翩然入关来”终于出现了，犹如天降甘霖，为干涸的沙漠送来了一汪清泉。

“谁能告诉我，我们究竟做错了什么？我们只是把爱同

等地分给了两个人，我们只不过是想在自己的世外桃源里做一个长睡不醒的美梦。人世已经如此艰难，感谢你们赠予我一片净土。不管坏人怎么逼迫，我不走。”

自媒体时代最崇高的心灵导师现世了，二十一世纪最伟大的鸡汤高手出现了。

双担粉们集体沸腾了！

“我不走”这三个字血洗“吟诵”超话，这幅自我感动的画面太动人，仿佛什么传销组织。

我再次切换账号。

偏偏喜欢小翩翩：说什么同等份的爱，只是你们单方面绑架了他；说什么世外桃源，只是你们拿他满足自己自私的幻想。他不是谁的附属品，不是幻想游戏里的玩具。如果希望他不被捆绑、不被束缚就是坏人的话，那我真的很坏。但至少，我这个坏人，全心全意只为他着想。@宋翩然。

做职粉的，谁还不会熬点鸡汤呢。

齐小鱼牌鸡汤，营养又美味，主治掐架之后的精神疲软和自我怀疑，唯一副作用是可能会眼眶发酸，流下感动的热泪，从而更加喜爱宋翩然。

由于这个神奇功效，齐小鱼鸡汤还有一个雅致的学名：虐粉。

“干吗呢？”

就在我沉迷于自己熬出的这锅绝美鸡汤时，手机突然被一双手从后面抽走。

我扭头一看，宋翩然化好妆出来了，他穿着一身量身剪裁的黑西装，宽肩窄腰，整个人笔挺笔挺地站在我身后高一级的楼梯上，手里拿着我的手机，眯着眼仔细看屏幕上的字。

我一个激灵，浑身汗毛都竖起来了，吓得一下蹦了起来，膝盖上的齐国庆骨碌碌滚下楼梯。

——表白偶像的饭圈小论文被正主看到并朗读是一种什么体验？

——就像是当你深深沉醉于一场高雅音乐会中时，突然被扒光衣服，浑身上下只剩一件彩虹四角内裤并被迫绕场跑三圈，背上还刻着四个大字，不是“精忠报国”，而是“我是傻子”。

“哟，齐小鱼你躲这儿写情诗呢？”

他眉尖斜斜一挑，我下意识出口反驳：“我没！不是……你把手机给我！”

“我看看你写给谁的啊，”他伸长了手臂，我怎么抢也够不着，“艾特——宋、翩、然。”

我如遭雷击，维持着一个踮脚抻脖的诡异造型。

他露出八颗大白牙的笑脸凑到我眼前，问："不好意思，请问一下宋翩然是谁啊？"

我僵硬地笑了笑。

他又伸出一根手指点着自己的鼻子，瞪大眼做出一副惊讶的表情："不会是我吧？"

我呵呵干笑两声，解释："我是在工作，工作。"

在他身边工作两年，我已经修炼成为一名出色的演员。

"那这个呢？"

宋翩然盯着屏幕一歪头，小小的脸上写满大大的疑惑，深情地朗诵道："他浑身上下没有一处不精致，他高贵宛若天神，世人俯跪在他脚下恳求他一眼的垂怜。我问天问大地再问问我自己，见不到宋翩然的人生还有什么意义啊！"

这是我昨天发的一条日常小短文。

昨天的我不会料到，绝美彩虹会变成电闪雷鸣，我被当头一击，大脑空白一片。

宋翩然带着恶作剧得逞的恶劣笑容，朝我晃了晃手机。

我缓缓回神，羞耻、悔恨的泪水在心里已经默默地流干。

悲伤逆流成大海。

老戏骨齐豫竟然被花瓶宋翩然秒杀了。

我低下头，语气沉重地检讨："我错了，我真的错了，我真傻，真的。”

——我错了，我当初就应该回老家好好考个公务员，现在孩子都生俩了。

——我真傻，我好好一个名牌大学硕士怎么就找了这么一个不着四六的工作。

想到这个，我不禁悲从中来，真是悲切。

“你错哪儿了？”

我错哪儿了？我就是不知道我错哪儿了啊！

真是凄凄惨惨戚戚。

“以后，你这个某博账号每天都要拿来给我检查。”

宋翩然用手捂住嘴，低笑了两声，拿手机在我头上敲了一下：“充公了！”

我捂着脑袋，默默看着他，企图发射哀求光波感化他。

虽然这是个职粉工作号，但我为了方便，拿这个号悄悄关注了很多女团小姐姐啊！还悄悄关注了众多相亲网站啊！

“看什么看？不乐意啊？”

“我……我……”

我纠结着瞎造一个什么理由糊弄他。

“你什么你？”

“我也需要隐私的！”

只能拿出这个老掉牙的理由了。

我瞥了他一眼，没什么底气。

“隐什么私？”他把手机塞回我手里，“你也充公了。”

当初考研的时候，我的名词解释题拿了满分。

充公，指的是没收一件东西为公共资产。

在刚刚那个情境下，我就是这件东西，宋翩然就是这个公。

如果我没理解错的话，引申含义是——

他这是要我一辈子为他当牛做马陪玩游戏兼采购妙脆角的意思啊！

就这破工作，上下班时间不固定，宋翩然还想我充公，实属白日做梦！

但转念一想，宋翩然虽然大部分时间是黑西装大魔王，但偶尔变身小天鹅却有着十二分可爱，似乎充公也不赖嘛。

我哆哆嗦嗦地拖了个小马扎坐在角落里，宋翩然在布景前拍宣传照。

左膝上坐着齐国庆，右膝上躺着宋五一，脑子里还有个小天鹅宋翩然在飞来飞去。

我用力甩甩头，小天鹅在脑袋里打了个滚，抖抖翅膀，又飞了起来。

助理笑笑抱着一沓资料路过，看了我一眼，说：“鱼儿你没事吧？要不要给你送……”

宋？宋什么？什么宋？

我一个激灵，挺直身板：“不要宋！”

“……一杯水。”

笑笑僵硬地笑了笑。

“呵呵。”我也尴尬地干笑两声，“不要送——水，你去忙你的，我就是有点热，好热啊。”

为了加强可信度，我还欲盖弥彰地拿手掌扇了扇风。

“热吗？”笑笑嘟哝，“空调都开到18℃了啊……”

不行，再这么下去要了老命了。

我打开“吟诵”超话，把超话精华帖里飘着的帖子刷了刷，都是些什么垃圾帖，毫无兴趣。

“谈谈你因为什么入的吟诵坑吧。”

——不谈，没入坑。

“每天默念三百遍，吟诵是真的！”

——真的真的比天桥底下五毛钱一串的珍珠还真。

“关那个吟在意宋那个翩然的三个铁证。”

这篇帖子好像有点东西，我点开品鉴了一下。

第一条，关吟每次逛超市都给宋翩然买他最喜欢的妙脆角。

证据是组合时期关吟采访时说购物的时候都会顺便给宋翩然带一包妙脆角。

还“顺便”？寒不寒碜，我可是时时刻刻都盯着宋翩然的零食箱，里面一空我就立刻补货。

第二条，关吟会记住宋翩然的生活小习惯。

证据是关吟采访中说过宋翩然就算在休假的时候，也坚持早上七点半起床，出门晨跑半小时。

简直是大放厥词。

就算在空档期，宋翩然的起床时间也非常不稳定。晴天一般睡到中午，闻着饭菜香就爬起来了；阴雨天恨不能在被窝里窝一整天，和坐月子的少奶奶似的，饭点到了就发个消息使唤我把饭菜给他端房里去。

晨跑什么的更是瞎说，按宋翩然的话说，外面的空气充满了粉尘和废气，要他离开跑步机出门跑步就是慢性死亡。

第三条，宋翩然靠近的时候，关吟会脸红。

证据是一次活动中宋翩然低头和关吟讲话，关吟脸颊红通通的配图。

无中生有！

关吟那明明就是腮红打得太厚了！

我摸了摸自己百分百纯天然、不添加任何防腐剂的红脸蛋儿。

怎么感觉被内涵了？！

我在心里再三告诫自己，他是我的顶头上司，我得靠他发工资吃饭糊口，我当然得时刻关注他的一颦一笑，在意他的一言一行！

我是他的职粉！

再苦不能苦老板，再穷不能穷上司。

？？？？？？

我偏要留在宋翩然身边，
因为我知道他是个多么好的人。

今天也是为了和宋翩然齐头并进而努力工作的一天！

CHAPTER 05 最终解释权

奇怪的知识又增加了！

宋翩然从来就离我不远。

SPECIAL ASSISTANT

我大概是被下降头了。

在宋翩然接下来拍照录歌的四个半小时里，我得出了这个结论。

浑浑噩噩地跟着宋翩然回了工作室，在车上给他订好了外卖，他下午刚用完嗓子，不宜辛辣，喝个清淡点的冬瓜排骨汤就很好，再叫一份雪梨汤润润喉咙；网上订的妙脆角已经到了，二楼影音室里放一些，客厅的零食箱里再装几包；他游戏里常用的一个英雄好像出新皮肤了，买一个送给他。

白天一直都在忙，晚上回了家才看见家里给我打了好几个电话。

我爸妈工作日一般不找我，今天这种情况还是第一次，我生怕家里出了什么事，立即回拨了个电话过去。

“喂？妈？你下午……”

“齐豫！”

我妈突然大喊一声，喊的还是大名儿，语气听着很严肃的样子。

不会真出事了吧？

我心头一紧，赶紧说：“在呢在呢，有什么事儿你别着急，要不我现在过去一趟？”

“你和我说实话，你现在到底在干什么工作！”我妈问。

我愣住了，先前担心家里没法接受我干的这个活儿，我一直和他们说我在一家公司做助理，也算是个小白领。

“妈，你听我解释啊，”我舔了舔嘴唇，想找个由头糊弄过去，“我就是在做助理，就是私人助理那种，专门给老板办事儿的……”

“编！你还编！”我妈气得声音都在打战，“晓燕都和你大姨说了！”

晓燕？

我想了会儿才想起晓燕是谁，可不就是头回相亲那姑娘吗？亏我当时还觉得她不错，没想到嘴这么碎，转眼就把我的消息给捅出去了！

“说你做的那活儿叫什么粉、粉——”

“职粉。”我纠正道。

“你还好意思说！”我妈吼了一声，“你这也算个工作？听都没听过！我和你爸要被你气死！”

“不是，”我企图向老太太解释解释，“我这工作和助理也差不多，只不过我老板身份比较特殊……”

“就是不正经！”我妈正在气头上，压根儿什么也听不进去，“你这工作上社保吗？交公积金吗？给明星工作了不起了是吧？现在全家人都知道你开车出车祸上新闻了！齐豫啊齐豫，我和你爸辛辛苦苦培养你这么多年，就是为了让你去给个戏子当牛做马的？你说你图什么？就图他给你辆车开？”

她越说越过分，我实在听不下去了，沉声说：“他不是什么戏子，他是个很有名的歌手和演员，有很多粉丝，很多人都喜欢他。”

“我管他有名没名，”我妈听我还为宋翩然辩解，顿时火冒三丈，“立刻给我辞了考公务员！你爸已经被你气得饭都吃不下了，你就打算一辈子这么混下去？你干这种活儿有哪个正经姑娘看得上你？老老实实给我考公务员！”

“我不——”

“不什么不！”我妈不容分说地打断我，“咱们普通家庭出身的，就得离那种圈子远点儿，你以为你现在工资高就

风光了？你根本就不是那个圈子里的人！”

我喉头突然一阵发酸，想到人群簇拥下耀眼的宋翩然，而我只能看到他的一顶鸭舌帽。

老太太这句话倒是没错，我和宋翩然本来就不是一路人。

“赶紧辞了！”

我妈撂下这么一句，“啪”地挂断了电话。

当晚，我梦见我被宋翩然解雇了。

他板着一张脸，眼神里没有我熟悉的戏谑、调侃，神色冰冷，看着我仿佛在看一个无关紧要的陌生人。

不知道为什么，我突然心慌得厉害，强行勾起嘴角：“老板，要不我们一起打游戏吧？”

我希望宋翩然像往常那样笑话我、嘲讽我，但他这次没有，什么表情都没有，他只是说：“你可以走了。”

我心头重重一沉，从梦里恍然惊醒。

这只是一个普普通通的梦，却弄得我精神恍惚。

到了办公室，照例打开工作邮箱查收邮件，收件箱里有一封未读消息，竟然是苏辛迪发来的。

大经纪人怎么会给我一个小职粉发邮件？

我有些疑惑又有些不安，手指在鼠标上犹豫了很久，终于鼓足勇气按下了左键。

匆匆浏览了一遍邮件正文的几行字，我合上电脑，靠在椅背上，轻轻叹了一口气。

苏辛迪在敲打我。

她一点也不委婉地发出了警告：你和宋翩然只是老板和员工的关系，在工作之外不该有任何交集，否则很有可能给宋翩然带来麻烦。

宋翩然是镁光灯下闪耀的大明星，一举一动都在镜头的监控下。

像我这样的普通人，怎么可能和他做朋友呢？

我妈说得没错，苏辛迪说得没错，网上那些指责我拖宋翩然下水的网友也没错。

我使劲揉了揉脸，心里像是压了一块沉甸甸的大石头，难受得很。

早上宋翩然不在工作室，我也没什么事情可干，趁着午休去了趟书店，买了几本公务员考试的资料书。

回来时发现宋翩然坐在我的位置上，我心头猛地一跳，立即把那几本资料书藏到身后。

“跑哪儿去了？”宋翩然见了我，懒洋洋地抬了抬下巴，“上班时间偷懒，小心我扣你工资。”

也不知道为什么，我突然不知道该怎么面对他，低头避开他的目光，小声说："吃完饭出去散步了。"

宋翩然放下跷在桌上的脚，皱眉问："怎么无精打采的？生病了？脑子坏了？"

"没有，"我吸了吸鼻子，"就是有点闷。"

"闷？"宋翩然眉毛一挑，吊儿郎当地说，"是不是因为英俊的老板不在，所以觉得空气都不清新了？"

要是搁在往常，我肯定和宋翩然嬉皮笑脸插科打诨，但今天我丝毫提不起精神，轻轻"嗯"了一声。

"齐小鱼，你到底怎么回事？"宋翩然沉下声音，打量了我几眼，"手上拿的什么东西？"

我脑中警铃大作，立即后退两步："买了几本八卦杂志。"

"杂志？"宋翩然显然不信，朝我伸出手，"拿出来我看看。"

我摇了摇头。

"翅膀硬了啊，齐小鱼，"宋翩然啧啧两声，又说，"拿来！"

我根本不敢抬头看他，硬着头皮又摇了摇头。

"齐小鱼，胆子不小啊。"

宋翩然缓缓站起身，两步跨到我面前，借着身高优势，居高临下地看着我。

我双手一颤，几本书“啪”地掉在了地上。

“你这什么杂志——”

我心脏猛地一跳，立即弯下腰，手忙脚乱地把那些书收拢抱在怀里。

宋翩然没说完的话戛然而止。

我不敢想他到底是不是看到了这些是什么书，甚至都不敢抬头看他，双手紧紧揣着那些资料书。

宋翩然什么话也没说，转身上了楼。

我听见他渐渐走远的脚步声，忽然觉得无比失落。

有辞职换工作的计划并不是什么大不了的事情，我却有种背叛了宋翩然的感觉。

整个下午，我都心神不宁，时不时就抬头往楼上看，也不知道是在期待些什么。

走廊上空空荡荡的，没有讨厌的宋翩然靠着栏杆，冲我勾勾手指，趾高气扬地使唤道：“齐小鱼，滚上来。”

傍晚，苏辛迪派车来接宋翩然去录一个采访，宋翩然换好正装从楼上下来，我条件反射地站起身，宋翩然却看都不看我一眼，一边扣紧腕带，一边迈开步子往外走。

“老板……”我忍不住走上前半步。

宋翩然脚步一顿，头也没回地出了门。

我听到然帅在花园里嗷呜了两声，听到汽车引擎的启动声，听到我胸膛里传来“咚”的一声——仿佛心沉到了谷底。

那几本考试的资料书在我抽屉里躺了整整两个星期，我和宋翩然之间的氛围也变得有些奇怪。

我没法描述到底是怎么一种奇怪，总之就是让我坐立不安、心神不定。

就好像苏辛迪说的那样，我和宋翩然只是普普通通的、冷冷冰冰的老板和员工的关系。

他不再让我给他打饭，不再让我为他订妙脆角，不再让我和他一起打游戏，不再让我去遛然帅，不再挖苦我、嘲讽我、逗我，不再动不动就对我恶作剧，也不再对我露出那种小孩子似的笑。

我猜宋翩然那天一定是看见了，所以他觉得我是只坏小鱼，觉得我要游走了，才不理我了。

这期间，家里又给我打了好几个电话，不断催问我工作的事情怎么样了，我心烦意乱，每次都含糊其辞地应付过去。

理智告诉我，父母确实是为我好，考个公务员，拥有一份稳定的工作，在相亲市场上吃香，找一个顾家善良的对象成家，循规蹈矩地过好一个普通人的生活。

进入宋翩然工作室，成为一名职粉，已经是我人生中一个大大的意外了。

但我始终没法做最后的决定。

如果我真的走了，宋翩然怎么办？他被骂了谁来维护他？他被冤枉了谁为他说话？他被黑了谁能站在他身边？

我之所以不喜欢现在这个冷硬的宋翩然，是因为我知道，真正的宋翩然是个多柔软的人。

我也不知道该怎么办了。

周三上午，我一出小区，就敏锐地察觉到街对面停着的那辆车不对劲，车窗半降，里面的人一直鬼鬼祟祟地盯着我，每次我回头一看，那双眼睛又迅速移开。

我佯装没有发现，买完早饭开着小电驴故意在马路上兜了几圈，兜兜转转了将近一个小时，那辆车仍跟在我身后打圈。

我倒不怕是什么踩点的小偷劫匪，他们也没理由盯上我这么个打工崽，怕只怕是什么三流报纸的娱记，知道我是宋翩然工作室的，再加上先前我和宋翩然的车一起上过新闻，

想从我这儿打听点儿宋翩然的消息。

我发了条消息给骆姐，说今天上午身体有点儿不舒服，让她帮我给老板请个假，接着把车停在路边，不紧不慢地啃完刚才买的煎饼。

那辆车停在路口，我啃完煎饼又开着小电驴在路上瞎转，恰好前边有段小胡同，我钻进小巷，又拐了几个弯，那辆汽车总算被我甩掉了。接着，我把电瓶车停在一家自助银行门口，抄小路重新回了小区。

上了楼梯，我竟然在昏暗的楼道里看见了宋翩然！

他戴着墨镜、口罩和鸭舌帽，正在我家门口用力地敲门。我诧异他怎么会在这里，出声叫道："老板？"

宋翩然闻声动作一顿，转身见了我，语气焦急地问："你跑哪儿去了？我以为你病死在家里头了！"

"病死？"我这才想起刚才让骆姐帮忙请病假的事情，赶紧解释道，"我没有，就是……"

宋翩然突然一把扯过我的胳膊，拽着我往下走，我担心那些记者发现我不在银行，转而会重新回来蹲我，于是赶紧拉住宋翩然："去哪儿啊？"

"医院，"宋翩然说，"不是病了吗？不去医院还在外面到处溜达，齐小鱼，你是不是脑子坏了？"

我哭笑不得地解释：“我没生病，我是因为——等等！”

宋翩然出现在我家，是因为他以为我病了？

我心底一暖，说：“老板，我真的没事儿。”

“那你为什么不去上班？”宋翩然皱眉问。

“那是因为、因为……”我抿了抿嘴唇，不知道该怎么回答。

如果照实说我被娱记盯上了，按宋翩然的臭脾气，铁定要直接下楼找那些人，那么明天又要出大新闻，苏辛迪又要发邮件警告我了。

我不想收到苏辛迪的邮件，更不想宋翩然因为我再被指摘。

见我支支吾吾说不出个所以然，宋翩然冷笑一声。

“你要躲着我也不用找这种借口。”他的声音很冷漠。

“我不是！”我心头一跳，立即出声说，“我没躲你！”

“真没有？”他眉头拧紧。

想到他这阵子的冷淡，我忽然觉得有些委屈，垂头看着脚背，小声说：“明明是你不搭理我。”

“你还好意思说，还不是因为你……”

因为我什么？

我抬头看了他一眼。

“你心思不正。”宋翩然挑眉说。

“我不正？”

宋翩然顿了顿，片刻后说：“你抽屉里那几本书。”

我脸颊一烫，没想到宋翩然会主动提起这件事。

“藏着掖着的，还以为我不知道？”

“我没看！”我连忙辩解，“我、我就是随便买买，我根本没看，翻都没翻开，真的！”

宋翩然听我这么说，眼里总算带上了几分笑意：“没看？”

“真没看！”我加重了语气。

“行，那以后也不准看了，”宋翩然倨傲地抬了抬下巴，“我一会儿回去就烧了。”

“别啊！”我急了，“烧了干吗，我打算拿去二手书店卖了的！”

“抠门，”宋翩然哼了一声，“多少钱，我买了。”

“你买什么买，”我小声嘀咕，“你又看不懂。”

宋翩然瞪眼：“你说什么？”

“没没没！”我赶紧露出讨好的笑容，“老板想要，我送给老板了，免费的，不要钱！”

宋翩然笑了：“算你识相。”

我也跟着他傻乐。

“愣着干吗！”宋翩然突然说。

我没反应过来：“啊？”

“上班啊！”宋翩然一挥手，“工资想不想要了？”

“要要要！”我立即点头。

其实这个决定一点都不难做，我想要继续做这份工作，这里的每个人都很好，宋翩然也很好。

这个念头在脑海里渐渐清晰，我觉得心里有块一直压着我的大石头突然被轰得粉碎。

下班回家的路上，经过一条繁忙的街道，我转头望了一圈，电影院外面的宣传大屏上放着一部青春片，穿校服的主角在梧桐树下相拥；街边的小情侣牵着手散步，手腕上戴着一模一样的编织红绳；天气很好，清清朗朗的。

我想起宋翩然笑着对我说“你也充公了”的样子，突然觉得好快活。

说不上来为什么，也没有什么具体的理由，就是单纯地感到好快活。

我迫不及待地想要证明给宋翩然看，我齐小鱼想要留在他身边，和他打游戏、给他买妙脆角，他被骂了我来维护他，他被冤枉了我为他说话，他被黑了还有我能站在他身边。

不是因为这份工作工资有多高，也不是因为福利有多好，只是因为宋翩然这个人。

只是因为我知道他是个多么好的人。

我住的地方是个三十平方米的小房子，攒了几年钱付的首付，房贷还没还完。

地段一般，装修一般，好在房子是自己的。

两张银行卡加上微聊钱包和余额宝，七七八八勉强凑出个小十万。

上了锁的抽屉里有一套银首饰，是我妈给我娶媳妇用的。

翻箱倒柜就找出这么点东西了，我把它们全列出来写在纸上。

——齐小鱼决定将短暂的鱼生奉献给伟大的职粉事业！

——为了表决心，就得大方点，把所有东西都给他。

我翻来覆去怎么也睡不着，齐国庆趴在床头，那张小纸条捂在心口，好像身处云端，浑身软绵绵轻飘飘。

唉。

手机“叮”一声，有新消息进来，宋翩然让我陪他打游戏。

我们开着微聊语音，一局结束，我假装不经意地问他：“老板，咱们工作室要是评个最佳员工，你评给谁啊？”

“你在问什么废话？”宋翩然回答。

我心头窃喜，在床上打了两个滚，又听见耳机里传来宋翩然吊儿郎当的声音：“当然是骆姐，还给我织毛衣。”

我不甘心地问：“除了骆姐，再选一个呢？”

“嗯……”宋翩然装模作样地沉思片刻，“小桃吧，年轻可爱又漂亮。”

“再选一个呢？”我还不死心。

“唉，”宋翩然叹气，揶揄道，“然帅吧。”

从骆姐到小桃到然帅，我始终不配有姓名。

我再接再厉，一条路行不通我就换条路，问道：“老板，之前和你传过绯闻的那些女演员，你更喜欢谁啊？”

“什么和什么？”宋翩然语气嫌弃，斩钉截铁地回答，“都不喜欢。”

我“扑哧”一声乐了，宋翩然可真能装。

“你笑什么？”宋翩然问。

“没什么没什么，”我赶紧抿抿嘴，一本正经地回答，“老板年轻英俊又多金，怎么就没有对象呢？你要是看上谁了你就告诉我，我必须帮你搞定！”

“齐、小、鱼！”宋翩然不知道为什么又发火了，“你就这么盼着我给你找个老板娘是吧？”

那可不吗？不过以宋翩然的脾气，这简直是个世纪难题，哪家女孩乐意碰这么个随时爆炸的地雷啊！

“老板，你要是有了喜欢的人，不能犹豫，要勇敢！”我真诚地鼓励他，“你到底喜欢什么样的？说说呗！”

“你自己翻翻口袋！银行卡存款比脸还干净！瞎操什么闲心！”宋翩然很暴躁，对着我吼道，“给我好好工作赚钱！别成天想这些有的没的！”

那头“啪”的一声，微聊语音挂了。

工作室平常九点上班，但宋翩然管理宽松，大家都懒懒散散的，一般拖拉到九点半才能来人。

时间刚过七点，整栋楼里的活人只有我和宋翩然。

然帅已经醒了，趴在窝里百无聊赖地玩一个小球。

看见我来了，它双眼发亮，“汪”一声朝我冲了过来。

“停！”

我赶紧竖起一只手掌，止住然帅。

我的帅气完美黑西装，一点灰尘都不能有！

“然帅乖乖的，别说话，一会儿下来陪你玩。”

然帅的尾巴垂了下来，蔫巴巴地趴回窝里去了。

踮着脚摸上了四楼，宋翩然的房门紧闭。我把耳朵贴在门上，轻轻敲了两下门。

意料之中的没有任何反应。

宋翩然是个起床困难户，为了方便我们叫他起来，他的房门从不上锁。

我按下门把手，轻轻打开了门。

宋翩然安稳地睡着，半张脸埋在松软的枕头里。

他睡觉的样子很沉静，额发蓬蓬松松地盖在额头上，乌黑的睫毛搭在眼睑上，嘴唇紧紧抿着，露出的耳郭上有一颗小小的黑痣。

我清了清嗓子，小声叫他："老板，醒醒。老板？"

他眼睛没睁开，眉头皱了皱，拉起被子捂住头。

我惴惴不安地凑过去，把被子拉下一个角，贴到他的耳朵边，喊了一声："老板，吃午饭了，起床了！"

这回他终于有反应了，一只手揉了揉眉心，眼睛眯开了一条缝。

"几点了？"

他睡眼惺忪，嗓音沙哑，头发乱糟糟，整个人没骨头似的窝在被子里。

这个时候的宋翩然看起来格外好说话。

我蹲在床边，鼓足勇气，道："宋翩然，你从……"

他看了一眼手机，暴躁地抓了一把头发，朝我吼："七点二十分，齐小鱼你是不是想造反？"

我吓得浑身一软，跪下了。

没事没事，双膝跪地更有诚意。

我安慰自己。

我在心里给自己打了打气，再度开口："你从……"

宋翩然冷冷地扫了我一眼。

我立刻㞞了："从……葱饼吃不吃啊？"

宋翩然抽动了一下嘴角，伸手掐了自己一把，自言自语一般说："我在做梦？这么傻的人不可能出现在真实世界里。"

"我、我、我……我有要紧事……"

他挂着两个黑眼圈，咧嘴一笑，语气森然："清晨七点闯入我的房间，把我叫醒。你最好真的是有非常、极其、特别要紧的事，不然我就给你做一道菜。"

"什、什么菜？"

"炒、鱿、鱼。"

我膀胱一紧。

“你今天穿得还挺好看。”

宋翩然揉了把脸，似乎心情有所好转，挑了挑眉，竟然夸了我一句。

我整了整领结，面上装出一副云淡风轻的样子，接受了他的夸奖。毕竟今天要说的是正事儿，范儿要足，气势要到位。

“和酒店泊车的似的。”

我低头瞧了几眼我的黑西装，被他这么一说，感觉自己还真有点像。

“早上拿头炒菜了。”

“啊？”我捋了一把头发，没反应过来。

“瞧这头发油的，用的是花生油吧？”

他不是心情好，他是终于清醒过来了，开启了疯狂嘲讽模式。这种时候，他逮谁嘲谁。

我就是那个撞到他枪口上的。

他靠在床头，眼睛半睁不睁。

我欲哭无泪，疯狂崩溃。

我战战兢兢地从怀里掏出那张纸，双手捧着递上去：“老板，请您过目。”

宋翩然在玩手机，扭头看了那张纸一眼，满脸嫌弃：“你

用过的？”

这张纸皱巴巴的。

“不、不是。”

我有点难堪，就好像怀着一腔火热的期待，却突然被一盆凉水劈头浇熄。

我把那张纸叠了两折，压在手心里。

我小声补充了一句：“我昨晚写了很久的。”

宋翩然闻言，垂眼往我手里看了看，说：“写了什么？念给我听听。”

“真的？”

希望的小火苗又被点燃了，我眼睛发亮，盯着宋翩然。

宋翩然转过脸：“快点！”

我摊开小纸片，上面的小字密密麻麻。

“飞驰电动车一辆，前年才买的，上个月刚换了电瓶，性能良好；长春路新来小区二号楼1201套房一间，一室一厅；存款十一万三千元，存在两张银行卡里，密码都是876789；五万理财基金；银首饰一套。”

我从西装口袋里掏出准备好的一沓东西，电动车保修证、房产证、两张银行卡、基金购入证明，把它们整整齐齐地排开，一字摆在床沿。

我屏住呼吸，等着他的反应。

“你什么意思，说清楚。”他把手机放下，倒扣在床上。

“我没有看那些资料书，我不想走，我喜欢这里，喜欢小桃，喜欢骆姐，喜欢小罗，喜欢然帅，”我看着宋翩然的眼睛，“我用我的所有来证明，我不会离开这里，也不会离开你们。”

这句话一旦说出口，所有胆怯和顾忌都消失了。

秒针还在转着，我听着声音数着数。

一秒，两秒，三秒……

时间好像静止了，宋翩然也静止了。

不知道过去了多少秒，宋翩然终于动了。

他仰头，抬手遮住自己的眼睛，另一只手指向门的方向，说：“你先出去。”

砰——

一块更大的石头从天而降，硬生生堵在我的胸膛里。

“哦……”

我大脑空白，不知道该做什么反应，机械地站起来，转身往外走，关门。

等到意识重新回到我的脑海里，我才回过神来。

这算不算是表忠心被拒？

我喉咙发涩，双腿发软，撑着楼梯扶手坐到地上。

说不上来是种什么感觉，就好像一口气吃掉了一整个柠檬，满嘴酸涩；又像是一下切了一百个洋葱，眼眶发疼。

还像是……有什么东西硬硬地硌着我的屁股？

我反手一摸，是装在裤子后面口袋里的齐国庆。

我揪着齐国庆的小尾巴，晃来晃去。

“你说这下怎么办？”

齐国庆的黑眼珠子清清凌凌的，映出了一个顾影自怜、伤春悲秋的我。

不对啊！

我一拍脑袋，彻底清醒了。

齐豫你要冷静！

他刚才到底是什么意思？

他的第一个动作是仰起头。

应该是过于感动，强忍住不让眼泪掉下来。

第二个动作是捂住眼。

这个动作有两重深意，一是眼泪忍不住了，只好拿手捂着；二是我的那些家当实在太少了，宋翩然没眼看啊！

接着，他让我出去。

出去？去哪儿？就是让我出去好好奋斗多赚点钱啊！

一出苦情大戏成功演变为都市励志轻喜剧。

我内心再次充满了斗志。

——今天也是为了和宋翩然齐头并进而努力工作的一天！

我牵着然帅出门遛了一圈，在街边一家小吃店里吃了碗鲜肉小馄饨。

上菜的时候我傻眼了。

一个比酱油盘大不了多少的浅口小碗里，装着五六个小且精致的馄饨，汤面上漂着一层葱花。

然帅看到有吃的，凑上来嗅了嗅。

要是以前，它早就巴巴地把头搭在我大腿上，求着我给它也来一口，哈喇子滴我一裤子。

但这次，然帅嗅完味道，冷淡地扭过头，看也不看一眼。

我没好气地轻踹了它一脚："小东西还挺挑剔。"

这分量，小得猫都不够吃；这味道，寡淡得狗都不搭理。

结账的时候，我又傻眼了。

富人区就是富人区，一碗平淡无奇、其貌不扬的小馄饨竟然比一般价格高出了三倍不止。

我看着账单，捂着钱包，心在滴血。

现在的我已经今非昔比了。

现在的我不仅要攒钱还房贷，还要攒钱讨老板欢心。

贵是贵了点，我还是忍痛掏钱给宋翩然也打包了一碗。

我们老齐家的宗旨就是——再苦不能苦老板，再穷不能穷上司。

回到工作室，我在院子里给然帅擦了擦脚，没等进屋，就听到一个声音说：“跑哪儿去了？”

宋、宋翩然？

我鬼鬼祟祟地往里伸了一个头，宋翩然正坐在我的位置上。

他穿着一件米色针织衫，头发凌乱，懒懒散散地半倚在桌上，看起来很随意，努力营造出一种“我就是刚起床随便穿了件衣服头发也没打理就下楼了”的样子。

但他的上衣就是非常“随意”地露出了锁骨，头发就是非常“随意”地乱出了蓬松有型的质感；手腕上“随意”地戴着他最喜欢的那块表。

没看错的话，昨天他额头上冒了一粒痘痘，现在也是非常“随意”地拿遮瑕膏把它遮了起来。

他随意得有点过分精致了。

“你露着个脑袋干吗？给我当球踢啊？”他见我直愣愣盯着他，不自然地偏过头，接着又吼，“还不进来？”

我进了门，磨磨蹭蹭的，不敢靠他太近。

他坐着，我站着。

他看着我，我也看着他。

气氛一度有种令人窒息的尴尬。

“手里拿着什么？”他率先发问。

表现的机会到了！

我举起左手拎着的小袋子，昂首挺胸：“给你带的早饭！”

宋翩然脸“唰”地僵了。

我一看，啊！举错手了！

左手这一袋是遛然帅的时候捡的狗屎！

我企图补救一下，火速地把铲屎袋扔到院子外的垃圾桶里，再以博尔特冲刺的速度飞奔回来，举起右手，昂首挺胸，中气十足地一吼：“给你带的早饭！”

宋翩然支着下巴，竟然微微摇了摇头，一脸无可奈何地笑了。

他叩叩桌面：“过来。”

我走近了一看，桌上整整齐齐地摆着我刚才给他的那些家当。

早上热血上头了不觉得，这会儿自己看自己这点儿家

当，真真是穷酸！

我臊得厉害，赶紧伸手想要把它们收起来。

他挑挑眉，问："给了我还想要回去？"

"不是的！"

我恨我的头不能摇成三百六十度，穷已经这么穷了，要是宋翩然再以为我抠门，转眼再也不理我怎么办？

我收回手，局促地抓着衣摆："我会努力的……虽然少了点……你别嫌弃，我就是想要证明给你看。"

"不嫌弃。"宋翩然说。

我有一瞬间的愣怔。

我两只手背在身后，紧紧攥在一起："我想一直留在这里，我想一直做这份工作，想一直陪你打游戏，可以吗？"

他说："可以。"

他站起身，隔着一张办公桌，对我道："齐豫，既然做了决定，以后就再也不要犹豫了。"

宋翩然离开时不小心打翻了我桌上的茶杯和仙人球盆栽，再三步并作两步地冲上楼，在半道上左脚绊右脚摔了一下，几乎是手脚并用地爬上楼。

盆栽里的土撒在桌面上，小仙人球惨兮兮地趴着；茶杯里的水滴滴答答落了一地，一串一串的小水珠砸在地上，再溅到我的脚踝上。

对门的阿拉斯加被主人带着出来放风，和然帅隔着铁门互相嗷嗷嗷地叫唤；笨呼呼的小鸟辨错了方向，一头撞在了落地窗上，在原地晕晕乎乎地绕几圈，扑棱着翅膀重新飞上天。

还有宋翩然……他刚才的样子我怎么就没拍下来呢，发到社交网站上一定会引来粉丝们的围观，傻得犯规了啊！

我后知后觉地捂着肚子爆笑起来。

“笑什么笑！”他在楼上气急败坏地喊，“把馄饨送上来！”然后又补充，“放在门口，不许进来！”

过了九点，其他人陆续到了。

“上来客厅。”

没多久，我收到了一条消息，宋翩然发的。

四个字一个句号。

宋翩然坐在沙发上，面无表情，跷着腿，双手交叠放在膝盖上，一派优雅。

“来了来了！”

我冲他笑，露出灿烂的大门牙。

他故作冷酷的表情似乎有点绷不住，嘴角微微有了一个上扬的弧度，又马上克制住。

他抬了抬下巴，说："把这个签了。"

我这才注意到茶几上放着一张 A4 纸，拿起来一看——《员工忠诚协定》。

什么玩意儿？

我疑惑地看了他一眼，他挑挑眉，示意我往下看。

《员工忠诚协定》

甲方宋翩然，乙方齐豫。

甲方为使乙方保持对工作的忠诚热爱，特立此协定，若乙方违反协定，出现私自跳槽的念头及行为，那么：

1. 甲方有权没收乙方所有财产；

2. 甲方有权停止给乙方发放工资；

3. 最终解释权归甲方宋翩然先生所有。

我一头雾水，稀里糊涂。

考研要签协议，找工作要签协议，万万没想到向老板表忠心也要签协议啊！

再说了，这些条款也太刻薄了吧？

竟然还没收我所有财产？就连动动念头也不行？

我看着宋翩然，小声说："能不能不签啊？"

他瞪我一眼："不行！"

"可是……"我企图挽回一下。

"不签就扣工资。"

我腿一软，悲愤交加。

士可杀也可辱，工资不可扣！

我要守住最后的尊严和底线！

宋翩然冷哼一声，我双腿发软，立即提笔唰唰写下我的大名。

写完之后，我把笔一甩，恨不能冲出院子和然帅肩并肩仰天长啸。

我太难了。

别人工作累断腿，那是跑业务跑的。

我工作累断腿，是爬楼爬的。

我现在的状态总结起来就是：工作十分钟，陪宋翩然闲玩半小时。

宋翩然不工作的时候，就是无聊的大闲人一个，戏弄我几乎成了他的唯一乐趣。

吃午饭的点儿，我又理所当然地被宋翩然以"挑葱花"

的名义叫到了楼上。

小桃一干人用幸灾乐祸的眼神看着我，欢送我去做苦力。

宋翩然坐在地上，捧着饭盒。

电视里放着一部很老的韩剧，男女主角窝在小房间里吃晚餐，女主角嘴角不小心粘了一粒米，男主角用深情宠溺的眼神看着她，温柔地倾身过去，帮女主角擦干净了嘴角。

宋翩然挑了这么一部戏……尴尬得我咳了两声。

“呛着了？喝点……”宋翩然抬头，往身边看了看，没有水，于是把茶几上的半包妙脆角递给我，“吃点妙脆角压一压。”

我偏过头，无语地看着他。

宋翩然视线在我的脸上扫了一圈，眼神古怪：“然帅用你脸擦屁股了？”

我摇头否认，没懂他话里的意思。

宋翩然抱着他的饭盒，点点他脸上相同的位置，严肃地说：“这儿，沾屎了。”

我拿纸巾抹了一下，一看，一粒黄色的米粒刚刚粘在了我的脸上。

宋翩然“扑哧”一声，笑了出来。

耻辱，奇耻大辱！

我悲愤欲绝地瞪了他一眼，端起小饭盒，起身往外走。

我要逃离这个令我难堪的地方。

“去哪儿啊？”

我把地板踩得噔噔响：“下楼！”

他：“扣工资了啊。”

我停住脚步。

“向后转，齐步走，立定，坐下。”他发号施令，“五秒内不完成以上动作，年终奖减半。”

我赶紧噔噔噔跑回去盘腿坐下，一系列动作浑然天成。

宋翩然满意地连吃了三个妙脆角，咔咔响。

宋翩然去 B 市出席一个时尚晚宴，去了三天。

他不在的这几天，也没人叫我上楼了，腿也不酸了。

下了班，小罗和小桃拉着我去了一家新开的居酒屋，小罗酒量不行酒品还差，喝了没多少，又开始哭诉他对苏辛迪的凄凉单恋，哭着哭着又回忆起他学生时代的初恋，那女孩甩了他跟一个富家子弟跑了。

我和小桃一左一右地哄他，越哄他号得越大声。我和小桃实在没法子了，给小罗室友打了个电话，让人来把他

接走。

散了之后已经是夜里十一点多，我开小电驴回家，初秋的风带着点凉意，我把油门拧到最大，然后我在家门口看见了一个人。

宋翩然穿着黑色连帽卫衣，戴着口罩，站在一盏暖黄的路灯下，双手插着兜，像是等了很久。

我猛地停了车，使劲眨了眨眼，眼前的宋翩然不会是我酒后出现的幻觉吧？

他迈开腿走到我面前，眉心微微皱着："发消息不回，打电话不接，长本事了啊你，齐小鱼？"

我急忙掏出手机一看，不知道什么时候没电，自动关机了。

"你……你怎么来了？"我又惊又喜，"你一个人跑来安不安全，有没有娱记？你来多久了？我不在家你怎么不先回去？"

他露出一个笑，隔着口罩也能看见他笑弯的眼睛："我发现了一个好地方，迫不及待要带你去看看。"

他长腿一跨，坐上了小电驴后座："出发！"

宋翩然指挥我走的路线竟然是去往一条商业街。

“老板，是不是走错……”

“没错，继续开。”

这个时间，商业街的繁华还没有彻底落幕。过了高峰期，人不算很多，姑娘们手挽着手拎着购物袋，男孩们穿着潮牌嘻嘻哈哈地勾肩搭背。

我惴惴不安地把车停在了一个车棚里，一抬头就看见前方大厦的巨幅显示屏上播着宋翩然的广告。

保险起见，我给自己脸上也戴了个口罩。

走出车棚，来来往往的人和闪烁的霓虹灯把我吓退了。

“我们回……”

“走。”

我还是忐忑地道：“你把口罩戴好，帽子也戴上，有没有墨镜？”

“鱼嘴别再冒泡泡了，啰唆。”

宋翩然带着我绕来绕去，在一家商场背后停了下来。

“什么地方？”

他眨眨眼：“好地方。”

前面是一家已经打烊的餐厅，店内一半的灯都已经熄了。

我跟着宋翩然走进去，他找了个角落坐下，不满地抱怨：

“我还没吃饭。”

我看一眼手机上的时间，这个点了，宋翩然的铁胃真能抗！

餐厅的老板朝我们走过来，他和宋翩然是老相识，两人闲聊了几句，老板问完我们想吃什么，亲自去厨房准备菜品。

其实我已经吃过饭了，现在胃里还是满的，塞不下多余的食物。

但看宋翩然不太高兴的样子，我只好把想说的话都憋了回去，还殷勤地用茶水为他洗了一遍餐具。

宋翩然突然问：“不开心？”

我摇头，扯出一个违心的笑脸：“开心。”

他轻哼一声：“鱼嘴别再冒泡了。”

看他这副“欠揍”的样子，这下我是真的笑了：“我真的很开心！”

老妈说得不对，苏辛迪也说得不对，宋翩然从来就离我不远。他就在我眼前，在我触手可及的地方。

在宋翩然的强烈提议下，为了提高工作效率，更好地为老板服务，我在春源小区隔壁的单身公寓租了个小单间，以便随时待命。

毕竟我住的地方离春源小区仿佛十万八千里，如果遇上路况不好的时候，我骑着飞驰电动车缓慢挪动，就像是在渡劫。用宋翩然的话讲，我的效率如此缓慢，不如他亲自下场来得爽快。前路如此艰险，我怎么舍得他独自披荆斩棘呢！

宋翩然好心地特批了我的住房补贴，我最初也是故作矜持地拒绝了一下的。

我："不太好吧？"

他："还好吧。"

我："您这样区别对待……"

他古怪地看着我，显然是被我这副得了便宜还卖乖的样子刺激到了，我心里直打鼓，只好竖起大拇指，奉上刚到的妙脆角谢罪。

没过几天，住房补贴被写进了员工福利里，大家对老板的这一壮举表示感谢，只是我这个好人并没有留下姓名。

我东西没多少，收拾了个行李箱就搬进新家了。

由于住得近，宋翩然理所当然有了更多使唤我的理由，不过也不是没好处，我赖在大别墅里的时间成倍上升，和宋翩然的关系更进一步。

比如资本家的大别墅顶级奢华，我早就垂涎三尺了；资本家本人的美貌三百六十五天不停业，我等颜控再看两眼就要昏过去了。

某天宋翩然刚健完身，走到我面前炫耀。他拍了拍手臂：“这个肱二头肌怎么样？评价一下。”

我正在看一部抗战剧，男女主角被敌方俘虏，想要同归于尽。男主角来之前做好了必死的准备，在裤子里藏了一枚手雷，正想引爆，剧情发展到关键时刻，宋翩然的庞大身躯挡住了我的视线。

“好好好！”我敷衍，随手推了他一把，“先让让！”

“看我这肌肉。”

宋翩然依旧美滋滋地炫耀。

电视剧情正发展到关键时刻，我压根没心思管他，歪着头想去看电视屏幕，但宋翩然这幼稚鬼就是故意使坏，严严实实地挡在我脑袋面前。

“哎呀！别烦我！”我急得捶沙发，“男女主角要搂搂抱抱、卿卿我我了！”

宋翩然龇牙：“好呀齐小鱼，原来你就在看这种东西！”

我赶紧抱着脑袋认错：“没没没，我的意思是他们的爱情进展太慢了，赶紧麻溜地在一起，我好一心一意欣赏老板您的伟岸身躯。”

宋翩然冷哼一声，拔掉了电视插头。

我敢怒不敢言。

宋翩然见我直愣愣地盯着他，握着一截电线，晃着脚丫子，嚣张地问：“有什么问题吗？”

我先是摇头，又点了点头。

宋翩然阴恻恻地笑了笑：“这么想看电视是吧？”

我还能怎么办，只有眼含热泪，违心地摇了摇头。

“齐小鱼，你胆子越来越大了？”

“那什么……对不起啊……”我屁股往外挪，拖鞋已经准备好，“我马上去工作……”

“让你走了吗？”宋翩然不高兴地道。

我愣愣地待在原地不敢动！

开头见！开头见！开头见！

遇事要冷静，熊孩子要打，
但能给你发工资的熊孩子要哄。

金风玉露一相逢，还有我什么事啊！
我必须用我精湛的业务能力，让老板再也离不开我！

“叮咚——”

我身姿敏捷地从沙发上跳了下来，说了一句“有人来了，我去开门”，便火速冲下楼了。

“叮咚——叮咚叮咚叮咚——”

门铃的节奏响得越来越快，估计门外的客人等得不耐烦了。

“宋翩然你开门啊！”

外面的人破口大喊，这一口娃娃音听着有点耳熟。

“你在里面干什么呢？快给我滚出来！”

我打开门一看，呆了。

一个男人，奶奶灰发色，穿着一件黑色 T 恤，脖子上挂着一条金猪链子，朋克味十足的马丁靴上挂满铆钉。

他的脸很小，皮肤很白，看着一股稚气，比平时在电视上看到的还要显小。

他戴着一副夸张的墨镜，足足占满了三分之二的脸。

看见门开了，他直接骂道："宋翩然你这个天杀的王八蛋，我今天就要来取你小命，你跪下抱着我大腿哇哇哭、喊我三声爷爷我也不会饶了你！"

一气呵成，行云流水。

可惜他先天不足，这一口娃娃音怎么听都是软软糯糯像在撒娇。

他吸了一口气，继续发动长句攻击："姓宋的你不说话就是心虚，我是不会因此放过你的，你最好乖乖给我递把刀，我手起刀落……"

"那个……"我没忍住打断他，"不好意思啊，我不是宋翩然。"

闻言，他噎了一下，把墨镜拉低到鼻尖的位置，露出一双圆圆的杏眼，睫毛纤长，可爱得像个洋娃娃。

然后，他歪嘴一笑，左脸露出一个深深的梨窝。

他语气凶狠，努力凸显自己的社会气质，双手抱胸，抖着一条腿，嚣张地问："你是谁？"

没等我回话，他取下墨镜，放在手里掂了掂："你认识我吧？"

认识，怎么不认识！

可不就是前ZERO组合成员、蹭热度的好手，关吟本人吗？

【热衷于蹭我老板热度的男人找上门了，来者不善，怎么办在线等！】

关吟大大咧咧地坐在沙发正中间，跷着二郎腿，戴着他那个巨大的墨镜，社会大佬味道十足。

美中不足的是，他的袜子是粉红兔，脚踝上还垂着两只兔耳朵。

我震惊了。

如此炫酷的铆钉靴下穿着的难道不该是大佬专属纯黑纯棉吸汗袜吗？

还是说我已经跟不上时代，不了解现在二十出头的小年轻是怎么穿衣搭配的了。

他："宋翩然呢？"

我："楼上。"

他勃然大怒，摘了墨镜往沙发上一扔："我来的时候他在干什么？"

他生起气来，袜子上的粉色兔耳朵就跟着一晃一晃的。

他干脆蹦到沙发上，在上面表演起花式蹦床，指着天花板破口撒娇，不是，破口大骂："你这负心汉你不得好死，

我祝你看不见明天的太阳今晚就升天！”

他这么一闹，兔耳朵上上下下蹦得更厉害了。

怎么安抚奓毛的粉红兔？

我看得眼晕，尝试着问：“你要吃胡萝卜吗？”

关吟一愣。

他双手叉腰站在沙发上，看我的眼神像在看一个傻子。

“我的意思是，你喝什么？我去给你倒！”

他蹦跶累了，一屁股坐下，盘着腿，大手一挥：“上瓶酒！”

我：“你要什么味道的？家里有草莓味和苹果味的果酒。”

他一拍沙发，双目圆睁：“你看不起谁呢？烈酒知道吗？二锅头懂不懂？什么酒劲儿大给我来什么！越猛越好！我等会儿要打得宋翩然痛哭流涕、血溅三尺！我这一双无影脚踹得他直飞印度还能赶上明早印度的摊煎饼！”

说着，他伸出脚，嘚瑟地晃了两下。

他那脚无不无影我不知道，但脚上的粉红兔有两颗锃亮的大门牙我是看清了。

他见我不动，嗤了一声，把墨镜甩给我：“你要是害怕就戴我的墨镜，两眼一抹黑就什么也看不见了。放心，我不会迁怒于你，你是无辜的，错就错在宋翩然背信弃义、过河拆桥……”

我怕他一气之下背个成语词典出来，赶紧把墨镜揣着：“我去倒酒！”

烈酒是没有的，宋翩然不喝那些，家里只备着酒精度数很低的果酒。

我对关吟可以说非常了解，他上个月接受采访的时候还说最喜欢喝的饮料是小牛奶，于是给他冲了一杯然帅喝的意大利进口奶粉，奶香浓郁、营养丰富。

我把牛奶端过去的时候他非常不满意，撇嘴说：“这是什么？我的二锅头呢！”

我：“你不是说你最喜欢喝牛奶吗？”

他大惊：“人设！人设你懂不懂！我走的是乖乖小男孩路线，实际上我很凶的，难道你还没看出来？”

恕在下实话实说，真没看出来。

我原以为关吟是个阴险狡诈的吸血恶魔，万万没想到竟是个外强中干的粉红兔！

他捧着杯子喝了一口热牛奶，半眯着眼睛，嘴唇上沾了一圈奶胡子，咂巴着嘴说：“怎么不放点糖……这奶什么牌子的，我喝了那么多奶，就这个最好喝。”

我怕他再追问奶粉牌子，赶紧从茶几下的零食柜里翻出一包妙脆角递给他：“大晚上吃糖蛀牙，吃点这个。”

关吟撕开包装，扔了一个妙脆角到嘴里，舔舔手指："我感觉你是个好人，你快点和宋翩然解约，别跟着他干了！"

难道关吟知道些什么内幕？

我接着问："他怎么了？"

关吟"咔嚓咔嚓"吃着妙脆角，古怪地瞄我一眼，舔舔手指，再瞄一眼。

他装模作样地叹了口气，神神道道地说："像！真像！"

我被他瞄得浑身难受："像什么？"

"封凡。"他说，"我们以前组合的成员，你和他长得真像。"

我捏了捏自己的鼻子，扯了扯脸蛋子。

活了二十五年，第一次有人说我长得像封凡！

这是对我容颜的一种褒奖和肯定啊！

我的内心竟然有点小开心。

关吟大惊："你怎么不生气？"

我傻乐了两声。

他憋不住了，一股脑地说："宋翩然和封凡哥闹翻了，封凡就出国了，组合也散了，姓宋的现在又找到你——"他说到这里，神神秘秘地冲我挤挤眼，"你懂的吧？"

我机智的小脑袋瓜飞快运转，看过的几千本小说在脑袋里哗哗地翻着页，这是什么梗啊？

车祸？不是。

失忆？不是。

绝症？也不是。

这是替、身、梗啊！

当初在黄豆瓣掐架小组里看到的那个帖子也出现过这个说法，暗示封凡出国是因为宋翩然。

关吟火上浇油，对着我耳朵吹气："封凡后天就回国了。你趁着现在先走就是你抛弃宋翩然，多有面子啊！否则等封凡回来了……"

末了，关吟还欲言又止地看了我一眼，装模作样地长叹了一口气。

"他就会取代我？"我大惊失色。

关吟一本正经地点点头。

我一个激灵："他也想给宋翩然做职粉？"

关吟："你就担心这个？"

我点头："不然呢？"

我一个打工仔，除了担心失业，还能担心什么？

关吟翻了个白眼。

宋翩然刚好下楼了。

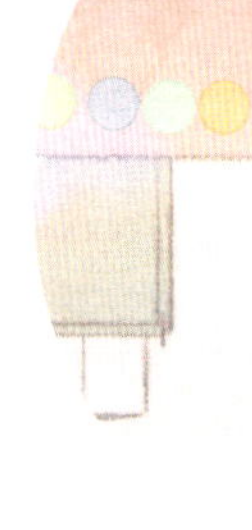

“姓关的，你来干吗？”

他站在楼梯上，语气不善，颇有气势。

“哼！我来取你项上人头！”

关吟见了宋翩然，一身毛都立起来了，活像参毛的然帅。

“嚯！”宋翩然不屑，“你毛长齐了吗？就敢在我面前大放厥词。对了，前年你长的那颗痘子后来怎么样了？手术顺不顺利？”

“宋翩然你！你！”

关吟活活被气噎了，我赶紧递上牛奶给他喝两口顺顺气。

“齐小鱼你管他干吗？过来！”宋翩然不乐意了。

“不许过去！”关吟一把抓住我的手。

“你还敢碰他？”宋翩然火冒三丈，“信不信我把你手剁了！”

“来啊来啊！”关吟伸出手挑衅，“不剁你就是小狗！”

他手指上还套着几个妙脆角，这么一伸，宋翩然脸色铁青。

世界末日了。

宋翩然：“你还吃我的妙脆角？”

关吟歪嘴笑了一下，当着宋翩然的面拿起妙脆角，整包往嘴里倒。

我目瞪口呆，小小的嘴巴有着大大的容量。

宋翩然撸起袖子，三两步冲下来："行！我今天就打得你痦子自由脱落！"

关吟绕着茶几躲，嘴里满满当当都是妙脆角，一张口就喷出一堆渣渣。

两个平均身高超过一米八的大男人,围着茶几你追我跑，画面太美。

宋翩然搬了老板椅，和关吟面对面坐在茶几两边。

两个人当面对峙，剑拔弩张，气氛紧张。

我盘腿坐在茶几上，隔开这两人，以防他们再度爆走。

关吟率先发起攻击："骗子！"

宋翩然冷笑三声："是谁这两年狗皮膏药似的整天黏着我？"

关吟鼻孔能扬到天上去："我专黏骗子！"

宋翩然："你还找人划我车胎？胆子不小啊！"

关吟谦虚："不大不大，比不上你大。你敢不敢说说你和小凡那事儿？"

关键词出现了！

我扭头看宋翩然，等着听他解释，没想到宋翩然竟然沉

下脸，说话缓慢，眼神却冷得吓人：“我和他的事儿，关你什么事儿？”

我心一凉，按照这个节奏，是要实锤啊！

不行不行，不能再等了！

友情保卫战的警铃已经打响，既然已经丧失了先发优势，就要后来居上——先把宋翩然这厮的味蕾抢先占领了！

俗话说，征服一个男人，就要先征服他的胃。

我借口逃到厕所，打开外卖软件，找了家在营业的连锁餐厅，点了个麻辣小龙虾。

介绍页面上写着劲爽超辣，给你飞上天的非凡体验！

就这么一会儿时间，外面的宋翩然和关吟眼见着又要打起来。

宋翩然不知道说了什么，关吟气得跳脚，站在沙发上指着宋翩然鼻子骂骂咧咧。

我赶紧坐回茶几上隔开这两人：“冷静，冷静！好好说话。”

关吟“哼”了一声，不情不愿地坐下来。

我想了个办法：“这样吧，我问什么你们答什么。那个粉红兔……关吟你先说，你助理划了宋翩然的车胎差点造成交通事故，这是怎么回事？”

苏辛迪调出来的监控录像里清清楚楚地拍到，事故当天那个划了宋翩然车胎的就是当年 ZERO 组合的助理，组合解散后继续跟着关吟。

关吟撇了撇嘴，看了宋翩然一眼，又迅速垂下头：“我就是让他在车上划几道泄泄愤，谁知道那个傻子直接把车胎给扎了！”

他一蔫，袜子上的兔耳朵也跟着软了。

经验告诉我，对待这种做错事的小朋友，一定要给予爱的教育，要循循善诱。

我低声细语：“那这事儿确实是你的错，对吧？”

关吟瞥了我一眼，别扭地点了个头，末了还嘴硬：“那也不全是我的错啊！要不是宋翩然太过分了，我才懒得理他。”

“小鱼儿我没听错吧？”宋翩然语气夸张，阴阳怪气地说，“这是道歉的态度吗？敢情他原来只打算划花我的车我还得谢谢他是吧？”

关吟又气得哇哇一通乱骂。

无奈，非常无奈。

我狠狠瞪了一眼宋翩然，我这讲道理呢，你出来捣什么乱！

宋翩然扬了扬眉，一眼瞪回来：“家养的鱼长肥了啊？

胳膊肘往外拐了啊？”

我赶紧垂下眼皮，嘴角下拉，做出一个哭兮兮的哀求表情。

整个人就是一个大写的“㞞”字。

我清了清嗓，继续问关吟：“ZERO 解散之后，你一直有意无意和宋翩然扯上关系，穿同款衣服，戴同款首饰，这又是怎么回事？”

关吟笑嘻嘻地说：“我就是要给他添堵！我乐意！”

好单纯好天真好不做作的理由。

宋翩然不屑地冷笑一声：“你看我想理你吗？”

我看看关吟，再看看宋翩然。

关吟这两年蹭热度的动作宋翩然不是不知道，我问过宋翩然几次，要不要由工作室出面，隐晦地传达一下对这种行为的抵制态度，宋翩然的回答都是“别理那傻子，让他自己玩儿去”。

现在想想，宋翩然对这个前组合里的弟弟还是有那么一点纵容的。

“快点问他！问他！”关吟指着宋翩然说，“问他和封凡的事情！看他敢不敢说！”

正中下怀了。

我接着关吟的话，问：“宋翩然先生，请问你和封凡先生是什么关系？”

我表面上云淡风轻，其实心里紧张得不得了。

宋翩然倒是神色坦然：“前队友，现在偶尔联系的朋友。”

没了？这么简单的吗？

关吟骂了一句：“不要脸！你敢不敢说说，前年七月十八号，你在小凡的房间……”

时间：2018 年 7 月 18 号，ZERO 解散前半个月

地点：封凡房间

人物：宋翩然和封凡

情节：……

“我再说一遍，不、关、你、的、事。”宋翩然双手插兜，站起身赶人，“快走！别耽误我时间。”

我抓心挠肝，情节还没听完啊！

没想到关吟当机立断，一撩上衣，露出雪白的肚皮，往沙发上一躺。

他掏出手机“咔嚓”来了个自拍，晃晃手机：“你要是不说清楚，我就把我在你家光着身子的照片发网上去！我和你鱼死网破！”

宋翩然倒是镇定，一派游刃有余的样子：“你先发我再

发，我手里有你前年的病历本，我就告诉大家你当时消失了半个月不是去美国进修音乐，是大腿上长了颗巨型痞子，做手术去了。”

说到这儿，他打了个响指：“哦，对了，你当时拍了个照发群里卖惨，截图我还留着，要不一并发出去算了。”

我都忍不住想鼓掌了，这人啊，多活了两年就是不一样。

宋翩然揪着关吟的脖子，像拎鸡崽似的把他丢出了门。

他拍拍手，我不明所以，也跟着鼓了两下掌。

宋翩然：“欢送傻子。”

我：“呵呵……”

这一晚上信息量过大，我累得要虚脱。

宋翩然突然不冷不热地来了一句：“你和关吟聊得挺欢啊？”

我随口答了一句：“还行吧。”

毕竟我是个“育儿”专家，某宋姓孩子我都搞得定，区区一个关吟不在话下。

“齐豫——齐豫在吗？”

门外有人扯着嗓子喊：“你的麻辣小龙虾到了——下来拿一下！”

“感谢使用丑团外卖，请给五星好评哦！”

外卖小哥的眼睛在我和戴着帽子、口罩的宋翩然之间滴溜溜转了一圈，补充说：“两位先生吃得开心，就是我们最大的快乐了呢！”

我对宋翩然眨眨眼：“鲜美小龙虾，给你带来非凡口感，你肯定饿了，看我想得多周到！”

宋翩然低笑两声，隔着口罩，声音闷闷沉沉。

他接过外卖的小袋子，一把揽过我的肩膀，说：“谢谢了，肯定给你五星好评。”

小哥笑嘻嘻地开着小车车走了。

宋翩然难得地在休息日起了个大早，精神饱满地下楼跑了个步，出门溜了个狗，再跑到我家让然帅把我吼下了床。

我半死不活地窝在宋翩然的豪华大沙发里，看着他在镜子前倒腾自己，忍不住感慨年轻真好哇。

宋翩然是神清气爽了，可我这个卑微打工仔，好不容易能休息，还被他拉过来当“陪玩”，真是有苦难言。

浑浑噩噩地瘫了一天，傍晚的时候宋翩然换了身衣服，我随口问了一句：“老板，你要出门啊？”

他边戴手表边说：“去机场接个人，顺便吃个饭，要不

要一起？”

我摇头：“不去不去，您玩得开心吃得愉快，酒虽好喝但不要贪杯哦！”

古人早就说过，居安思危。我居然因为眼前的享乐，差点忘记了即将到来的重大危机！

我飞快地从沙发上蹦起来，举起手臂：“我也去！”

我飞奔到镜子前捋了捋头发，火速蹿进副驾驶。我双手叠在膝盖上，乖巧一笑：“老板，我好了，出发吧。”

宋翩然收起手机：“怎么比我还着急？”

我：“怕你等急了。”

半路上封凡发了条语音消息，说自己已经到了，在地下停车场。

宋翩然让他在附近找个暖和点的咖啡厅待着，别一回国就着凉了。

这就开始关心上了？

封凡又回复说地下停车场没什么人来往，比较方便。

好一个善解人意温柔体贴的小可怜。

宋翩然没什么特殊表情，看了看表，把车开快了。

残阳如血，秋风萧瑟，一地金黄落叶，过马路的老太太颤颤巍巍地拄着拐，卖报纸的小阿哥支着下巴昏昏欲睡。

小学语文老师教过，凄凉的景色往往暗示着主人公凄惨的境遇。

到了停车场，远远就看见一个人站着玩手机，旁边搁着个小行李箱。

宋翩然面带笑容下了车，张开双臂迎了上去。

我坐在车里，留心周遭有没有偷拍的娱记，万一这一幕被拍到了，指不定得被拿去做什么文章。

就这么一转头的工夫，宋翩然和封凡竟然已经紧紧地拥抱在了一起！万万不可！两位要抱抱要举高高还是要玩过家家都可以，能不能麻烦先上车啊！

我鬼鬼祟祟地打开车门，刚打算喊出这句台词，没等我开口，封凡先喊了一声："灰指甲！"

我一口气噎在喉咙里不上不下，被口水一呛，疯狂咳嗽起来。

宋翩然哭笑不得，帮着拍我的背顺气，我咳得眼泪都出来了。

"不、不好意思啊……咳咳……"我说，"我太激……激动了，封凡老师你是我的偶像，我在网上一直关注着你。"

封凡笑："哥你说得没错，你这'灰指甲'真可爱！"

宋翩然："谁说他可爱了，我说的是傻。"

我：“咳咳咳……”

上了车，封凡说已经订了一家火锅店，他笑嘻嘻地把头伸到前座，问我：“小灰，能吃辣吧？”

小灰是什么名字？难听又不会红，我心里非常不爽，但还是只能保持微笑。

黄豆瓣共有三百七十二篇文章深入分析了 ZERO 组合每个成员的个性以及队内关系，并且细致解读了封凡此次回国意欲何为——就是要重新逐梦演艺圈。封凡回国后联系的第一个人就是宋翩然，凭借我多年职粉的敏锐嗅觉，可以肯定他就是要借着宋翩然炒作上位！

根据我多年的经验，封凡的套路再深，不外乎以下三种：

第一种是死缠烂打卖惨型，对宋翩然贯彻“哥我错了，当年不该离开我们的组合，我想念从前我们一起唱歌跳舞的日子”这一卖惨方针，这种手段最为低级，智商最低，不足为惧，只要坚决不给他一个眼神即可。

第二种是保持格调走气质路线，心里再怎么迫切，表面上仍然淡定冷静，嘴上说着“我这次回来别无所求，只想知道哥你过得好不好”，实际上内里早就咆哮“快来帮我带一带人气、给我拉一拉资源”，这种手段威力可观，但还是有法可解，只要在宋翩然面前戳穿他的阴谋即可。

第三种就是双面人格型，以退为进，说着已经彻底放下过去，实际上步步为营，时常约一约宋翩然谈心，背地里娱记、营销号早就安排好了在一边待命，这种方式最牛，且无解。

我看着封凡阳光灿烂的脸，也回了一个阳光灿烂的笑容，默默把他归档到最后一类中。

“小灰你……”

我有点不好意思：“别别别，别这么叫我，就叫我……小粉？”

职业粉丝，昵称小粉。

封凡眨了眨眼，然后抱着肚子发出了惊天动地的爆笑声。

尴尬，丢人了。

我瞥了眼宋翩然，他也抿着嘴笑。

气人！两人沆瀣一气，携手嘲笑我！

我坐得笔直，企图为自己找回点颜面：“小粉是一种生活在印度洋的珍稀鱼类，要不就叫我小鱼吧。”

封凡笑得眼泪都出来了，说：“哥，你哪儿找的这么一个大宝贝，给我也找一个呗！”

宋翩然大掌在他额头上一按：“想得美！”

“小鱼鱼有什么忌口？这家店可以微聊先点菜，我先点了，一会儿到那儿就能吃。”

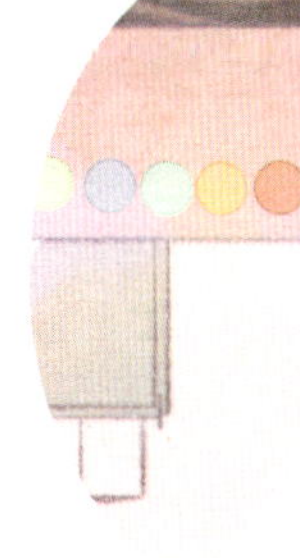

吃火锅？我是行家啊！恩怨放一边，民以食为天。

我小鱼儿从车底爬回来了："我都吃，这家店的黄喉和毛肚绝了！"

封凡："行！各来三份！"

他接着问宋翩然："哥，你有什么想吃的？"

我抢在宋翩然之前回答："他不吃葱！"

封凡"咦"了一声，问："我记得你以前没这么多讲究啊！你什么时候不吃葱啦？我记得你从前挺爱吃葱饼的。"

这两年宋翩然每天吃饭时间就把我拎楼上去挑葱花，难道是在戏弄我？

我自动脑补出当年宋翩然和封凡的美好时光，葱饼你一口我一口，翠绿的小葱就是二人友情的见证。后来封凡远走他乡，宋翩然始终念念不忘，每每见到葱就触景生情、睹物思人，所以坚决不再吃葱。

可歌可泣啊！

宋翩然摸了两下耳朵，别扭地看了我一眼，对封凡说："就你话多。"

到了包厢，关吟已经在里面等着了。

宋翩然见到关吟，脸立刻黑了三个色号："你怎么来了？"

关吟挑衅地挑了挑眉："小凡叫我来的！关你什么事！"

封凡从后面进来，关吟脸色一变，从社会大哥变成乖巧少年，殷切地走上来：“小凡，你回来了……”

封凡拍了拍他的肩：“怎么还没长高？”

关吟跳脚：“别用这种哄小孩儿的语气和我说话，我明明比你大，我才是哥哥！”

场面有些令人窒息。

按关吟的说法，封凡和宋翩然是过去时的亲密无间，我和宋翩然是现在进行时的亲密无间，关吟和宋翩然是现在进行完成时的死对头。

关吟想方设法要拆散我和宋翩然的亲密无间，鼓捣宋翩然和封凡重新亲密无间；我想方设法要搞垮封凡和宋翩然的亲密无间。

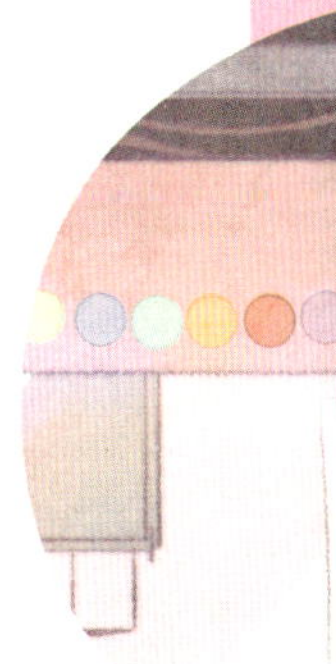

四个人的修罗场使我困惑。

反观关系网中间的宋翩然，深处风暴中心还一派怡然自得，把一罐王老吉喝出了红酒的优雅气派。

锅底烧开了，我往里下了一盘肥牛，过了十来秒，宋翩然夹了一筷子放到我碗里：“口水都流出来了。”

我赶紧摸了一下嘴角：“哪有口水！”

封凡也夹了一筷子放到我碗里：“你太瘦了，多吃点。”

我：“谢谢，谢谢。”

关吟“哼”了一声，也跟着夹了一块肉给我，直截了当：“吃！”

他们俩夹就算了，你跟着凑什么热闹啊！

关吟夹起一块夫妻肺片，往封凡碟子里放，又往宋翩然盘子里夹了一块。

我瞪了关吟一眼，他恶狠狠地瞪回来。

“这是什么？”封凡在国外待久了，对于中华美食有些生疏。

关吟：“肺片，吃了就能百年好……”

我举手抢答：“百年好友啊！友谊的肺片多么美味！钻石恒久远，兄弟永流传！”

我把宋翩然碟子里的那块肺片夹到关吟碗里：“来来来！大家都尝一尝，祝友谊长青！”

封凡有点感动，呱唧呱唧把肺片吃了，由于太辣还被呛了一下，关吟赶紧给他倒了杯水：“慢点慢点，不能吃辣就少吃点。”

火锅吃得差不多了就开始喝酒，最初大家都是意思意思浅尝辄止，后来场面越发控制不住。

关吟端着杯子，一脚踩在椅子上：“姓宋的，我今天和你一决高下！”

宋翩然也醉了，撸起袖子摩拳擦掌："我怕你个小屁孩儿？"

关吟扔了杯子："有本事就对瓶吹！"

"吹就吹！"宋翩然拿起一瓶啤酒放到嘴里就咬。

关吟："你作弊！"于是他也开始跟着咬酒瓶。

我和封凡一脸目瞪口呆。

我："他们俩以前就这样？"

封凡赶紧撇清关系："我们那个过气团还是有正常人的！"

关吟和宋翩然喝着喝着就滚到一起去了，两人勾肩搭背，一副哥俩好的样子瘫在沙发上。

关吟："宋翩然你……你个人尾巴狗……嗝！"

宋翩然："谁会汪汪叫谁是大尾巴狗……"

关吟："汪！汪汪汪！"

宋翩然："汪汪汪汪汪！"

两个人发出癫狂的爆笑声，包厢里响起此起彼伏的狗叫声。

封凡和我面对面坐着，相当尴尬。

我拿漏勺在锅里捞："再多吃点儿。"

捞了半天捞起来一粒枸杞。

我把枸杞放到他碗里："枸杞养生，活血通气，适合你们读书人。"

封凡捂嘴笑了一下。

沙发上，醉成烂泥的关吟突然吼了一声："小凡！"

封凡："怎么了？"

"小凡！小凡！小凡！"关吟高举酒瓶，"你……你放心！我绝对不会让宋翩然那个背信弃义的人好过的！"

这真是惊天地泣鬼神的一喊。

果然还是醉鬼有勇气。

封凡一手撑着额头，无奈地摇了摇头："这家伙这两年都在想什么……"

事情是这样的。

当年 ZERO 的公司遭遇财务危机，老总起了歪念头，比起其他人，刚满十六岁懵懵懂懂的封凡显然是最好拿捏的那个，他骗封凡去了一个酒局。

"这就是引你入狼窝啊！"我气得捶桌。

封凡捏了捏鼻子："我当时年纪小，没想这么多，老板说带我拉资源，我就去了。"

社会实在是太险恶了。

封凡去了之后才发现事情不对劲，他借口去洗手间，给宋翩然发了个求救短信，回来之后那群人扣着他灌酒，后来他才发现，酒里面是加了点东西的。

见我目瞪口呆，封凡赶紧解释：“没事没事，翩然哥来得及时，什么也没发生，不过他拿酒瓶开了几个人的瓢。”

我看了看宋翩然，他醉了，和关吟手勾着手睡了，鼻子里发出细小的呼噜声。

后来的事就清晰地串成线，宋翩然把封凡送回酒店房间，照看了他一晚上。之后封凡受到药物影响，状态极其不稳定，导致组合解散前的最后几次演出事故频出。宋翩然通过家里的关系联系到国外一所私立高中，封凡出国一边接受治疗，一边继续学业。

“这件事翩然哥没告诉任何人，关吟那家伙估计是误会了什么。”

封凡按了按额角，无奈地笑笑。

我猛灌了一整瓶王老吉，晃了晃脑袋。此刻的心情可以说是非常错综及其复杂。

封凡怎么这么惨啊，差点惨遭毒手，十六岁就遇到这种事，真是可怕啊！

我按铃叫来了服务员，拿菜单又划拉了十几个菜，封凡瞠目结舌：“鱼哥，你还没饱啊？”

我坐到他身边，勾着他的肩："你是宋翩然的弟弟，弟弟刚回国当然要多吃点好的！给哥哥敞开了吃！"

封凡感动了，眨巴着眼睛牵着我的手："鱼哥你人真好……"

我也眼泪汪汪的，多好的一个弟弟啊！

"哥，真不能、不能再吃了……嗝！真吃不下了……"封凡捂着喉咙，艰难地咽下一块牙签肉。

我在锅里捞了一块肥瘦适宜，香气逼人的牛肉块放到他碗里："吃了这块肉，情谊比天高！"

封凡咬咬牙，啃了。

我给他叉了一个鱼丸："吞了这个丸，友情不会亡！"

封凡捏捏拳，嚼了。

我又夹了个奶黄包给他："再来一个包，交情比楼高！"

封凡翻了个白眼，冲到洗手间，吐了。

"没事儿吧？"我赶紧倒了杯凉水给他。

他拍拍胸口，漱了个口，摇摇头："没事儿，感受到了祖国的热情。"

我搭着他的肩："没事儿就好，那我们再来一锅！"

封凡小脸煞白，敏捷地跳开："时间不早了，我先把关吟弄回去，咱们下回再聚！我请客！"

我：“那个……”

封凡：“鱼哥饶命，不用送了！替我和翩然说再见！”

于是，刚才那个趴在马桶上吐得死去活来的封凡突然变得力大无穷，手臂圈着关吟的腰，半推半拽地把他拉走了。

留下我和醉鬼宋翩然面面相觑。

我找了个代驾来开车。

我怕宋翩然被认出来，脱了他的外套罩住他的头，他一路上都很乖，安安静静地睡着，一动不动。

等到了家，他不知道身体里哪个开关被打开了，开始发起酒疯。

先是在院子里甩着他那件外套非要和然帅玩斗牛，然帅被他整兴奋了，嗷嗷嗷叫个不停，对门的阿拉斯加听见声音也开始鬼哭狼嚎。

我好不容易安抚好然帅，把它牵回小窝里，扔了个磨牙棒让它自己玩儿去，转头就看见宋翩然大大咧咧地蹲在草坪上拔草。

头疼。

“老板别玩了，该洗……”

他仰起头朝我笑了一下，眼睛亮亮的，眼角因为喝了酒，晕出一片浅浅的红。

皱了皱鼻子，像是有点害羞，他伸出手，手里攥着一束拔下来的青草：“给你。”

我愣了一下，鼻头有点发酸。

这是青春校园偶像剧拍摄现场吗？我老人家玩不来这种套路啊！

过去的经验告诉我，遇事要冷静，熊孩子要打，但能给你发工资的熊孩子要哄。

我把小草妥帖地放到胸前的口袋里，展示给他看：“我收好了。”

宋翩然开心了，终于稍微愿意配合我一点，我扶着他，像哄三岁小孩儿般问：“上楼好不好？”

宋翩然手臂往后一挥，像是流星大摆锤般砸在我脸上，差点儿把我砸下楼梯。

能给你发工资的熊孩子要哄，但醉酒的熊孩子，请趁他还不清醒，狠狠削他一顿！

宋翩然醉酒的事情不知怎么就被苏辛迪知道了，毫无疑问，宋翩然连带着我又被苏辛迪训了一顿。

不过，经过这次饭局，大家的误会也都解开了。

关吟不再在网络上兴风作浪了，终于开始独立行走，我的工作量也减了不少，连粉丝们都能和平相处了。

工作室就这么稳中有升地过了两年，宋翩然的事业越来越好，骆姐儿子已经可以打酱油了，小桃找到了男朋友，很快就要结婚了，我也成为了工作室里的老员工，新来的小伙子、小姑娘们都开始称呼我齐老师了。

其实，工作室在去年经历了一场大危机。

前年年底，宋翩然突然做了一个决定，要放下演艺圈的工作，去国外进修表演。

当时一工作室的人都惊呆了，纷纷表示不同意。

苏辛迪气疯了，让艺人经纪部那边出了一份详细的数据表给宋翩然看，宋翩然走的是人气小生路线，靠的就是高曝光维持人气，依靠人气获得源源不断的商务和影视资源，再凭借这些资源保持曝光度，稳固粉丝群体。

这种循环模式对宋翩然这种演员来说是不可以轻易打破的，否则很可能动摇根基。宋翩然出国进修，相当于很长一段时间都会面临没有曝光的尴尬境地，现在新生代艺人辈出，粉丝遗忘速度是很快的，说不定两三个月后，宋翩然就被市场抛弃了。

苏辛迪分析得不错，我是做这行的，我比谁都明白市场规则是怎么运转的，造一个像宋翩然这样的演员太简单了，

宋翩然并非不可代替的。

但宋翩然本来就不是个能任人摆布的人，他一直都很固执，苏辛迪怎么骂都没用，最后把这个任务扔给了我，让我去把宋翩然劝回来。

我以为宋翩然就是贪玩，娱乐圈玩够了就想换个方向玩，于是苦口婆心地劝说他，说今年一定向公司申请个长假，让他出国休息一段时间，想去哪里去哪里。

宋翩然当时的表情我一辈子都忘不了，有点震惊，又有点失望："你也觉得我不是认真的？"

在我心里他还是那个要人哄着捧着的巨婴，于是我给他拆了一大包妙脆角："你别和Cindy闹了，她都是为了你好，你仔细想想她和你说的话，是不是有道理？"

宋翩然连他最爱的妙脆角都不吃了，冷着脸起身进了屋，"砰"的一声关上了门。

我这才觉得不对劲，宋翩然看起来不像是玩闹，当晚我又去找他聊了一次，他打开自己的粉丝论坛，粉丝们在上面向他表示爱意，说着肉麻又热忱的话语。

"上周我看见一个帖子，"宋翩然指着电脑屏幕，"是个妈妈发的，说她女儿很喜欢我，一天二十四小时守在电脑前查我的消息，还报名了一个选秀节目，要和我一样出道进演艺圈。”

我愣住了，他完全没和我提过这件事，我一天要上论坛好几次，也根本没看到过这个帖子。

“没多久，这个帖子就被管理员删了，”宋翩然耸耸肩，“可能是觉得影响不好吧。”

“这类帖子确实……”我不知道该怎么和他解释，只好转开话题，“老板，你以后还是别看这些了。”

“我能带给他们什么呢？”宋翩然自顾自地说，“我最近也在想，他们都是小孩子，我又能带给他们什么呢？”

我好像知道宋翩然为什么想要出国进修了，他不是突发奇想，是经过了深思熟虑才做出的决定。

那天晚上，我和他聊了很久很久，他的房间里只开了一盏小台灯，我看到他在灯下显得棱角分明的脸，忽然觉得宋翩然已经不再是那个暴躁自我的巨婴了，他好像长大了，长成了一个更有担当、更有责任感的大人。

第二天，我和苏辛迪说，要不就让宋翩然去吧，苏辛迪气得差点当场炒我鱿鱼。

宋翩然说要去进修，果真是沉下了心。整整八个月，他不出新歌不拍广告不接戏，在学校里上课下课，补习英语、加入戏剧社排话剧，像个再普通不过的学生。

我每个月都会过去一趟，给他拍点儿生活小视频发到网上给粉丝们看看，反正机票住宿都报销，就当公费旅游了。

尽管我已经尽力保持宋翩然在公众平台露脸的频率，但是宋翩然的粉丝圈还是经历了一次不小的震荡，有一撮人开始质疑公司雪藏了宋翩然，谣言越演越烈，对工作室的攻击也越来越猛烈。小桃是做宣发的，压力最大，几次都要撑不住了，好在最难的那段时间挺过来了。

宋翩然回国后，先接了一部小成本文艺片，票房不算高，但胜在口碑好，宋翩然也从一个毫无演技的花瓶走上了转型之路。

前几个月，宋翩然拍的一部科幻片上映，口碑票房双丰收，他也凭借这部片子提名了最佳男配角，晚上就是颁奖典礼。工作室里忙成一团，我给宋翩然戴上搭配西装的腕表，和他说："老板加油啊，等你回来给我们涨工资。"

"老板，"骆姐戏谑地问，"有没有信心拿奖啊？"

"那当然，"宋翩然还是一副臭美样，吊儿郎当地吹了声口哨，"舍我其谁啊！"

虽然知道他就是开玩笑，大家还是被逗乐了。

这次竞争尤其激烈，一同获得提名的有不少圈里的老戏骨，宋翩然能入围就已经是莫大的肯定了。

苏辛迪的车来接他了，宋翩然踩着皮鞋往外走，出门前我叫住了他。

“没拿奖也没关系，明年再拿。”我说。

宋翩然笑了笑，抬手理了理腕扣。

“明年我要拿的是最佳男主角。”

“老板，”小桃笑着说，“你已经是我们的最佳男主角啦！”

宋翩然看了我一眼，我对他点了点头。

宋翩然在我心里，也是最佳男主角。

我退出这个家了！

烦恼，拍哭戏都没这么烦恼。　家庭地位岌岌可危 .JPG

前方高能，马屁精宋翩然已就位。唉，如果妙脆角有小鱼干味就更好了

番外一 家庭会晤

S P E C I A L
A S S I S T A N T

宋翩然某天心血来潮来到我的工位，含含糊糊地说：“这周末去我家，我爸妈说想请你去玩儿。”

我早上的瞌睡还没彻底清醒，半死不活地趴在桌子上想了想，才反应过来他刚才说的是什么。

“啊——”

宋翩然吓了一跳：“怎么了？”

我捂着胸口，这下瞌睡全醒了。

宋翩然哼了一声：“我爸妈想了解了解我的工作情况，我懒得和老头老太太说，你替我汇报！”

我耷拉着脸：“还是紧张啊！”

我上次这么紧张还是2012年的12月21日，那时候全世界都说世界末日了，我斥巨资买了个烤鸭开了瓶红酒给自己践行，就当临行前最后一顿了。

没想到连世界末日都挺过来了，竟然因为要和宋翩然的父母见面而紧张得直冒冷汗。

宋翩然表示非常不屑。

“我给叔叔阿姨买点什么礼物好啊？他们喝不喝茶？喜欢下棋吗？”我在屋子里焦虑地走来走去，整整踱了几十圈。

“不用特意买什么。”宋翩然说。

“那怎么行！”我反驳，“等会儿叔叔阿姨觉得我没礼貌不懂事了。”

宋翩然跷着腿打游戏，说：“相信我，你那点儿钱，我爹妈看不上。”

我腿一软，趔趄了一下。

“没出息。”他嗤笑了一声，“你去别的朋友家也紧张成这样？”

这能一样吗，别的朋友只是朋友，宋翩然还是有些不同的。

但结果还是不错的。

宋翩然父亲是搞金融的，母亲是大学教授，两人思想开明，温和亲切，交流起来毫无障碍。

吃了一顿饭，宋妈妈开心得不得了，临走还给我发了个大红包。

回去的路上，我一直摆弄着那个红包，乐得不行。

宋翩然开着车还不忘嘲笑我：“没……”

“没出息是吧？”我接过他的话茬，晃了晃红包，“我就是没出息！”

于是他也笑了。

一路上我都盘算着，我妈念叨着要见见我这位老板好久了，我是不是也可以邀请宋翩然去我家做客？

我每天坚持不懈地给家里发宋翩然的帅照，我妈这个颜控，也不抱怨我的工作了，甚至觉得我这种歪瓜裂枣能和宋翩然做朋友，多半是小宋得了青光眼，估计眼神不太好。

那天晚上宋翩然正在跑步机上挥洒汗水，我装作不经意的样子，随口提出："周末也去我家一趟，我爸爸妈妈一直想知道我老板到底是什么样。"

我继续蛊惑："我家人之前虽然对我的工作有偏见，但了解到老板你的好之后，都对你赞不绝口。"

他跑步的动作顿了一下，脸上没有什么表情，点了点头，然后走了。

之后，宋翩然一切如常。

我偷偷观察了他好几天，他果然不像我那么没出息，云淡风轻的，一点儿紧张的样子都没有，该拍广告拍广告，该录音录音，该打游戏打游戏。

我实在是非常佩服，果然是顶级流量，几千人的粉丝见面会都开过，见我爸妈根本就不是事儿！

到了周末，我们开着车到了我家。我家还住在我爹单位分配的筒子楼里，没有停车场，宋翩然找车位就找了十几分钟。

等下了车，他一派轻松自在，双手插兜，帅气又潇洒。

"走吧！"我拽他。

他径直走到车后，打开后备厢。

我一看，傻眼了。

一车的进口补品、高级茶叶……

我咽了咽唾沫，宋翩然什么时候买的？完全没有察觉啊！

他把东西一样样拎出来，两只手拿不过来，还把我两只手也挂得满满当当。

“你什么时候买的？不是说不用特意准备什么吗……”

他迈开步子：“咳咳，我随便买的！”

我赶紧小跑跟上去，他听见脚步声，转身瞪了我一眼：“别跑！”

“哦。”我乖乖地跟在他旁边，“那你慢点走，等等我。”

“矮子事儿多。”他嘴上这么说，还是放慢了脚步。

进了家门，宋翩然笑得比花儿还灿烂，迎上去打招呼：“叔叔好，阿姨好，我是宋翩然，叫我小宋就行！早就想和小豫一起来拜访，又怕打扰了叔叔阿姨。”

我爸坐在沙发上，点了点头表示欢迎，板正严肃的脸上有了点笑的模样。

我妈：“哎呀欢迎欢迎！小宋比电视上还要高还要帅！哎呀，我们齐豫真是命好啊，有这样的老板！”

宋翩然看了看我：“哪里哪里，齐豫愿意留在我的工作室，是我的福气。”

我妈："齐豫你傻站着干吗？还不给翩然倒水！真是不懂事！"

我家这扇门是有什么神奇的魔法吗？不然为什么宋翩然一进这扇门性格就变了似的？

这是把毕生演技都拿来对付我爹妈了啊！

饭桌上我压根插不上什么话，宋翩然把我妈哄得花枝乱颤，我妈开心了，我爸也开心了。

走的时候，我妈依依不舍地拉着宋翩然的手："小宋下回再来啊！阿姨给你炖排骨！"

宋翩然："那说好了，阿姨可不准嫌我吃得多。"

我妈："哎呀，阿姨巴不得你多吃点！越多越好！"

请问为什么我刚刚才吃了三块排骨您就嫌我"吃吃吃，就知道吃"。

宋翩然拍马屁可以说是一骑绝尘。

他进了我家微聊群，我爸没什么文化，几十年前的大专水平，退休后没什么事，就喜欢故作风雅，作点小诗吟点小词什么的，平时我和我妈根本不会理他。

但宋翩然来了。

海阔天空：一年一度北风刮，呼啸吹落树上叶。寒夜凋零甚凄凉，我心似叶不复还。

海阔天空：今晨锻炼观落叶有感【捂嘴】【捂嘴】。

英俊小宋最迷吟：好诗！一个“刮”字突出了北风的凛冽，“呼啸”二字更是精妙，整首诗以情动人，借景抒情，气势恢宏，其中气魄令人叹为观止，妙啊【玫瑰】【玫瑰】。

海阔天空：小宋【拇指】【拇指】。

英俊小宋最迷吟：【害羞】【害羞】。

海阔天空：流量小生霸屏无演技，实力派演员在家无人问。长江后浪推前浪，后浪太次怎么办?

海阔天空：观娱乐圈乱象有感。

英俊小宋最迷吟：叔叔此诗说到了我的心坎里，作为娱乐圈一员，我也深感困扰，叔叔的社会责任感令吾辈汗颜【抱拳】【抱拳】。

小鱼摆尾：……你拍的戏网上评分不超过4分，你也有脸说这话?

英俊小宋最迷吟：【委屈】【委屈】。

海阔天空：小子无知！快向翩然道歉【菜刀】【菜刀】。

海阔天空：老王乘舟将欲行，忽闻岸上踏歌声。我唱着歌送老王，下次再来把酒饮。

海阔天空：今天送别老友有感，故作诗一首。

英俊小宋最迷吟：好诗！叔叔这首诗读来令我心生悲怆，仿佛与故人分别的场景就在眼前，悲从中来，感染力极强，妙啊！【佩服】【佩服】。

小鱼摆尾：开头两句不是抄的《赠汪伦》吗？

英俊小宋最迷吟：小豫你浅薄了，文人雅事，何来抄袭一说？好诗共同借鉴，与古人一起进步，叔叔的思想之深邃，我们望尘莫及啊！

海阔天空：人生得一知己，足矣！@英俊小宋最迷吟【干杯】【干杯】。

英俊小宋最迷吟：【憨笑】【憨笑】。

小鱼摆尾：马屁精！

番外二 小宋记事本

S P E C I A L
A S S I S T A N T

（1）

工作室又被我骂跑了一个人，这个月都跑了三个了，烦人。

面试的时候说得好听，什么能吃苦耐劳都是假的。

组个工作室好难，比演哭戏难。

（2）

今天面试的一批人里有个叫什么鱼的，长得不错，白白净净。

小姨说他学历太好，恐怕干不长。

我看了他的简历，游戏段位王者五十星。

我不管，就他了。

（3）

给安排了个职粉的岗位，签的半年短期合约。

挺乖的，办事也利索。我让他陪我打游戏、帮我跑腿买妙脆角、泡咖啡、遛狗，他都照做了。

做完了还笑眯眯的。

合同里根本没写这些，他却不知道，可见他有多傻。

（4）

小鱼来了一个月，我每天心情都很好。

箱子里永远有吃不完的妙脆角，他买的。

唉，如果妙脆角有小鱼干味就更好了。

（5）

放年假，小鱼把养的多肉托付给我。

他好像有点怕我，说话也不敢看我。

我本来不想养，我讨厌要费心思养的东西，烦。

但他问我可以吗，承诺放完假回来给我买一车妙脆角。

两颗眼珠子和葡萄似的，湿漉漉的。

我怕他哭，把我新换的羊毛地毯弄脏了，只好答应。

（6）

我每天浇三次水，浇了一个星期，它死了。

果然要费心思的东西都不是省心的。

小鱼发微聊问我小绿怎么样了。

原来它叫小绿，好土的名字。小鱼也挺土的。

哦，跑题了。

我说养得很壮硕了。

他很开心，说能不能拍个照给他看。

我说不能。

他发了个小猪跳舞的表情。

太傻了，我有点想笑。

(7)

过年那天他发微聊给我拜年。

我一看就知道是群发的。

不想回了。不回他好像有点不礼貌？做老板的心胸要宽广点。

春晚在放一个小品，一点也不好笑。

我给他发了个红包，让他新的一年好好工作。

他特别开心，回了我一条语音，有鞭炮的声音和小孩的嬉戏声。

他说：“新年快乐呀！”

他是南方人，有时候说话会带有一点软软的尾音，绕来绕去的。

咦？小品怎么变好笑了。

(8)

年假快结束了，小鱼快回来了。

我烦恼，拍哭戏都没这么烦恼。

找了个时间去花市，挑来挑去，终于挑到一盆和小绿长得差不多的。

我很满意，估计他看不出来。

（9）

被他看出来了。

他问我小绿呢，我说被小偷偷走了。

他蔫蔫的没说话，一整天都无精打采的。

傍晚遛狗的时候，然帅跑得太快，他摔了一跤，膝盖磕了个大窟窿。

我要开车送他去医院，他骑着那辆电动车走了。

不识好歹的鱼，气死我了。

晚上失眠了。

（10）

他请了半天假。

我让助理买了二十盆小盆栽摆在他桌面上，满满一桌子都是。

上面还挂着小名牌，分别叫“小绿一号”“小绿二号”……直到“小绿二十号”。

他来的时候我偷偷在楼梯口看，他很惊喜。

他上楼来谢谢我，膝盖上包着绷带。

也不知道还痛不痛。

晚上，我给然帅上了一小时课，叮嘱它下次不许跑那么快了。

然帅摇了摇尾巴。

（11）

他的合约要到期了。

我单方面给他加了薪、续了约。

他没有反对，开开心心的。

下班还买了个蛋糕带回家吃。

我看他发了朋友圈，奶油糊了一嘴。

傻得要命。

果然要费心思的东西都不省心。

（12）

今年雪下得晚。

他穿了一双雪地靴，羽绒衣的帽子上厚厚一圈毛，脸裹在里面就剩馒头大小。

遛狗的时候，他牵着狗绳蹲在地上，要然帅拖着他走。

还说阿拉斯加是雪橇犬，天生就有雪中拉人的本领。

傻子才相信。

他和然帅玩得很开心，我忍不住也想试一试。

然帅跑得很快，雪从我的运动鞋灌进去，满脚都是雪水。

路过的老大爷以为我虐狗，冲上来骂了我一顿。

他躲在光秃秃的大树后面偷笑，笑得帽子上的毛都在抖。

我也在抖，一半是气的，一半是冻的。

（13）

中午到客厅吃饭，饭盒边放了个暖宝宝。

包装上是只白色的猫，耳朵尖尖的，胡须不长，很丑。

下面压了张纸。

“给老板暖暖脚——您的员工齐豫敬上”，后面还画了个粉色的笑脸。

还知道来赔个罪送个礼，不算太傻。

我揣着暖宝宝下楼溜达了两圈，发现其他人都没有。

只给我一个人送了，有点开心。

和然帅玩了一会儿，它见到新玩具很兴奋，想叼走我的暖宝宝。

想得美。

我把暖宝宝紧紧揣在怀里。

（14）

他养了两条鱼。

小小的水缸放在办公桌上，两条丁点大的小鱼游来游去。

那鱼和他一样傻，我把手指伸进去，它们就吓得要死，在水里游来蹿去。

下午，他说鱼被我吓出病，连午饭都不吃了。

我说子非鱼，安知鱼之乐。

还引用了一句名人名言，说完我自己都佩服自己。

他说他知道，因为他也是鱼。

这大概是我今年听过最冷的笑话。

他不让我玩，我就偏要玩。

路过他位置时就拿手指在鱼缸里搅一搅。

两条小丑鱼吓得上蹿下跳。

我说看它们玩得多开心啊。

他敢怒不敢言，抱着鱼缸往里面撒了一把鱼食。

（15）

小金鱼死了。

翻着肚皮漂在水面上，眼珠子瞪得老大。

他说它们是被吓死的。

我和他把两条小丑鱼埋在院子里，他看着有点惆怅。

他还埋了张字条，上面写着愿天堂没有惊吓。

我觉得这是故意写给我看的。

我被气走了。

（16）

他胆子变大了，开始对我皱鼻子、翻白眼、挥拳头。

他还傻呼呼地以为我没注意到。

其实他的每个小动作，我都知道。

我开始吓唬他，比如在他舞拳头的时候突然抬头，他一脸镇定地装作要挠头。

我憋笑憋得很辛苦。

小鱼崽子还有两副面孔。

番外三 齐小鱼的小小愿望

S P E C I A L
A S S I S T A N T

春源小区开了新楼盘，叫“豪宅公寓”。

宋翩然的审美还停留在“越贵就是越好”的初级阶段，因此对这个名字很是中意，大手一挥小卡一刷，又买了一幢别墅当新家。恰好工作室扩张，原来那栋就专门用来办公了。

不得不说，我羡慕又嫉妒，人与人之间的差距，怎么就和地球的南北两极一样大呢？！

宋翩然搬进“豪宅公寓”不久，他的生活助理辞职回老家开店了。

苏辛迪为了给宋翩然找新助理这事儿焦头烂额，宋翩然脾气不小要求又高，前前后后面试了十多个人，没一个能入得了他的眼。

就在宋翩然骂走了第十四个候选人时，苏辛迪终于忍不住了，指着宋翩然鼻子把他臭骂了一顿，不容分说地定了个小姑娘来干这活儿。

小姑娘是个没什么经验的，还以为给艺人当助理是个多乐呵的活儿，然而没干几天就不行了，抓着我的胳膊哭号说：“小鱼哥救救我，我干不下去了哇，老板天天都管我要妙脆角新口味，妙脆角哪儿有那么多新口味！我也不能给他变出来啊！”

我拿出一副过来人的架势安慰她，实则在心里和她一道流泪，宋翩然有多难伺候，没人比我更清楚。

最后，这小姑娘没撑过两个月就离职了，开开心心地来，哭哭啼啼地走，弄得我怪不好意思的。

苏辛迪也是实在没办法了，一份合同砸在我头上，钦

特别助理证

亲爱的粉丝

确认过眼神，你就是我要找的人。

现正式聘请你为我的特别助理，择日到岗。

以后还请多多关照！

发证人：宋翩然

前助理齐豫 TIPS：

妙脆角要及时补货

然帅要及时遛

和老板打游戏一定要装得比他菜

叫老板起床需谨慎

加油！

Special Assistant

点我去做宋翩然的生活助理，要我身兼两职。我一开始是非常抗拒的，苏辛迪面无表情地冲我比了个数字：“工资加到这个数。”

我咽了口唾沫，又拍了拍胸脯，大声道：“好的！保证完成任务！”

苏辛迪还给我特批了一笔福利，让我在宋翩然附近租个房子住。只要把宋翩然这祖宗的日常起居打理好了，房租什么的都不是事儿。

于是，我心安理得地租到了宋翩然隔壁，沾宋老板的光，我齐小鱼也住进了豪宅公寓里的大豪宅。最让我满意的是，这豪宅还有个我最想要的衣帽间！

我从前住的是个三十平方米的小套房，小房间里就够塞张单人床和一面小衣柜，逼仄得连个落脚的地儿都腾不出来，不是当季的衣服统统塞在床底下的行李箱里。要是遇到冷空气不打声招呼就南下来做客，我就得趴地上把行李箱整个拖出来，在一堆乱七八糟的衣服里翻翻捡捡。

前年十二月底，有天夜里下了雨，第二天气温骤降，我开着我的飞驰小电驴在路上飞驰了没多远，就被冰刀子似的冷风活生生给冻了回来，一边打喷嚏一边猫在床边，打算找一件厚点儿的棉袄套一套。

好不容易翻出来一件羽绒服，起身的时候没留神，后脑勺“咣”一下磕在了柜子上。

更不巧的是，有颗没拴紧的螺丝钉，好巧不巧地在我耳根子后头刮了一下，痛得我眼泪当下就飙了一脸，抬手往后脑上一摸，摸出来个大包和一手的血。紧接着，又在哭号的时候把舌头咬着了，血腥气弥漫了整个口腔。

当时的场面颇为壮观，鼻涕与眼泪齐飞，肿包和鲜血共一色。

我发了条消息给宋翩然请假，花了五十块钱打车去了市医院，急诊的小护士看见我狼狈成这样，惊慌失色地说：“先生，你怎么了！”

我嘴里痛得说不出话，支支吾吾地给她比画，小护士见我满嘴是血，惊呼道：“内出血！”

“不四滴（不是的）！”

我又冲她比了比我的后脑，她浑身一僵，更加惊恐地喊了出来：“脑出血！”

“不四（不是）！”

我气得跺脚，她又高喊了一声“四肢出血”，然后火速搞来一个轮椅，又招呼来两个身强力壮的小哥，二话不说把我按在轮椅上，推着我往急诊室跑，途中又撞上了保洁阿姨的清洁车，我整张脸都撞在了不锈钢车身上，随即一股暖流从鼻孔涌出。

“天哪！七窍流血！”小护士尖叫。

我瘫在轮椅上，对市医院医护人员的水平彻底丧失了信心，已经懒得反抗了任由她把我弄进了急诊室。

就在医生要给我检查伤口的时候，我的电话响了，是宋翩然打来的。

我接起电话“喂”了一声，宋翩然恶狠狠地问我旷工跑哪儿去快活了。

我艰难地张了张嘴刚要说话，小护士在一边给医生汇报情况，声如洪钟：“患者自述有脑出血、内出血、四肢出血等症状，病情严重，急需救治！”

我试图辩解：“不四（不是）！”

电话那头，宋翩然的声音一下就变了，低声喝道：“你在哪儿？”

“四（市）医院，”我顾了这头就顾不上那头，大着舌头对医生说，“偶（我）不四（不是）出血！她四（是）乱缩（说）的！”

“别乱动，在医院等我。”宋翩然说完就挂了。

等他？等他什么？等他扣我今天的工资？

我当时差点儿就急哭了，不给带薪休病假就算了，无良老板还要扣我钱，实属没有人性！

虽然小护士不靠谱，但医生还是有点儿水平的，很快就弄清楚了我这一脸血是怎么回事。

我只是体温有点儿高，外加轻微脑震荡，并不是什么大事。

医生问我头还晕不晕，眼睛花不花，我可怜兮兮地点了点头，他说问题不大，输点葡萄糖就行。

坐我边上挂水的是个西装革履的精英男，左手扎着针，右手拿着手机在讲电话，我听他说什么法律条例之类的，猜测他是个律师，等他挂了电话，我凑过去问："里好，里四律斯吗（你好，你是律师吗）？"

他看了我一眼，礼貌地点点头。

"我棱（能）咨询一个问题吗？"我问道。

他迟疑了一下，估计是觉着我这副鬼样子挺惨的，又点了点头。

"偶（我）病了，嘶——脑（老）板不给偶（我）工资，嘶——还要扣偶（我）钱，嘶——"

我嘴疼得要命，每说几个字就要倒吸一口冷气，律师一脸同情地看着我，说："你是说你老板不给你带薪假期？”

我“嗯嗯”两声。

他放下手机，正色道：“《企业职工患病或非因工负伤医疗期规定》中提到，职工因病需要进行治疗的，用人单位需要安排一定时间的医疗期给劳动者医治，具体带薪病假的待遇根据企业规定执行，像你领导这种倒扣钱的行为已经触犯了法律，可以对他进行追责。”

律师就是律师，果然专业！

我压根儿没想对宋翩然进行追责，关键是要让他知道他的行为是违法的。

反正闲着也是闲着，我还想和这位精英律师唠会儿嗑，大厅那头突然传来一声“齐小鱼”！

我眉心一跳，怎么是宋翩然的声音？

循声回头一看，后头那个戴着毛线帽和大口罩的男人不就是宋翩然吗？

我当下心头一暖，原来他说的“等我”，根本就不是要扣我的钱啊……

宋翩然焦急地左顾右盼，我站起身朝他挥了挥手，他松了一口气，拔腿朝我跑过来。

“你怎么来了？”我紧张地环顾四周，“没被娱记

跟吧？”

他微微喘着气，脚上还穿着拖鞋，显然是来得很急。

我心里有些感动，但更多的是担忧，紧张地说：“快回去！别被拍了！”

他好像压根顾不上这些，眉心紧紧蹙着，伸手按住我的肩膀，眼神把我从头顶到脚心打量了一遍，问我：“什么这出血那出血的？内出血究竟怎么回事？”

我哭笑不得：“什么泪出血……”

“泪出血？”他瞳孔一紧，脸颊倏地靠近，盯着我的双眼说，“你哭的时候流血了？医生怎么说？”

“……不是！”

我哭笑不得，我这口齿不清的，反正是说不清楚了，干脆掏出手机给他打字，解释了一遍来龙去脉。

他如释重负般长长吁出一口气，坐在我前面的一个空位上，恶狠狠地瞪着我：“撞了头、被钉子刮、咬破舌头又流鼻血，你这一早上的经历够匪夷所思的啊齐小鱼！你倒是挺能耐，来我这儿打工是不是委屈你了？”

我眨了眨眼，觉得宋翩然竟然能用对一个成语，这事儿是挺匪夷所思的。

他不耐烦地松了松口罩，接着毫不客气地嘲讽我：“齐小鱼，你以为你是偶像剧主演呢？以后能不能长点心注意点？你早上一通电话把全工作室的人都给吓个半死，你知不知道？然帅都无精打采的，肉骨头都没啃几口！要是然帅因为这个生了什么病，你赔得起吗？”

那肯定是赔不起，然帅的狗链子都够我几个月工资了……

别人家老板听说员工生病了，那都是嘘寒问暖的，宋翩然非但不嘘寒不问暖，反倒还讽刺我挖苦我。同样是老板，差别怎么就这么大呢？

我心里边正委屈着，宋翩然还在那儿絮叨个没完，一会儿说小桃又发消息问我伤着哪儿了，一会儿又说骆姐下午给我买猪头肉补脑……

我眨了眨眼，这才反应过来——

宋翩然不会是在关心我吧？

“蠢，苏辛迪当初是怎么把你这么蠢的东西招进来的？”宋翩然冷哼一声，“翻个衣服都能翻出脑震荡来，你这么能耐你怎么不干脆翻天上去算了？”

宋翩然果然是个巨婴，连关心员工的话都不会说，别别扭扭的。

但我竟然觉得，这个穿着拖鞋的别扭老板，还有几分

可爱。

“笑什么笑！”宋翩然见我傻笑，没好气地说，“你知不知道我赶过来的时候把车都刮花了！”

“我赔我赔，”我乐呵呵地说，“我全赔！”

宋翩然看了我两秒，也“扑哧”一声笑了出来。紧接着，他又立即绷着脸，装出一副严厉的样子：“废话！当然你赔！”

隔壁的精英律师临走的时候递给我一张名片，对我说：“你刚刚提到要将你的老板告上法庭，有需要的话随时可以联系我。”

他说完这句话，理了理衣领，一身正气地离开了，留下一个欲哭无泪的我。

苍天啊大地啊，我什么时候说要把我的老板告上法庭啊！

这什么律师啊！你要对你说的话负责啊！不能一走了之啊！

“嗯？”宋翩然沉吟。

我哭丧着脸看向他。

他冷冷地哼笑一声：“把我告上法庭？”

我赶紧摇头。

他眉梢一挑，又说：“联系他？”

我接着摇头。

他下颌一扬，不依不饶地问：“对我很有意见？”

我继续摇头。

然后，我耳朵里突然响起“咣”的一声，脑瓜子一沉，差点儿晕过去。

刚刚给我检查伤口的医生恰好路过，教训道：“脑震荡了还摇头！保持稳定！”

我委屈地瞄了宋翩然一眼，脑袋里像是有水在晃荡，晕晕乎乎的。

宋翩然似乎是轻叹了一口气，故作凶狠地说：“不许动，听见没！”

我脑子里的水突然不晃了，轻声说：“脑板四最嚎的脑板（老板是最好的老板）！”

他臭不要脸地回答：“那当然。”

回工作室的路上，我终于如愿以偿地坐上了他的副驾座位，脑袋靠在真皮座椅靠垫上蹭了蹭。

他边开车边训斥我：“头别动！”

我立即正襟危坐，双手捧着脑袋，一动也不动。

他又扭头看了我一眼："你干吗？扮木乃伊呢？"

"偶在固定偶的头（我在固定我的头）。"我严肃地回答。

他"扑哧"一声笑了出来。

那天之后没多久，网上说一场狮子座流星雨即将来临，小桃兴冲冲地拉着全工作室的人去天台看流星，宣称只要对着流星虔诚地许下心愿就一定会实现！

我们一群唯物主义者也被说动了，但跟着她在天台等了半晌也没等到什么流星雨，反倒等来了小区里有人非法燃放烟花。

小桃兴奋地说对着烟花许愿也是一样的效果，让我们抓紧时间不要耽误了。她许的愿是希望身披祥云的白马王子从天而降出现在她面前，小罗深情款款地祈求苏辛迪能爱他爱得死去活来，就连已婚已育女士骆姐许的愿望都挺浪漫，祈愿自己能够永远葆有一颗十八岁的少女心。

我看着天空绽放着的红色焰火，大声喊道："老天爷啊！赐我一个巨大的衣帽间吧！让我不用再猫着腰钻到床底下捞衣服了！"

骆姐、小桃、小罗以及其他人齐齐转头，用一言难尽的表情看着我。

我觉得莫名其妙："看我干吗？"

小桃痛心疾首地说："齐小鱼，你怎么这么物质！"

骆姐附和道："是啊！你的愿望铜臭味太浓了，玷污了美丽的期许！"

我哼了一声，懒得搭理他们，一转头发现宋翩然不知道什么时候上了天台，双手抱臂靠在玻璃门边看着我们。

砰——

璀璨的烟火在空中绽开，倏地照亮他俊俏的脸。

耳边响起小桃兴奋的呼唤声："流星！听到我们的愿望了吗？"

流星听没听到我不知道，反正警察是听到了，警车直接开进了小区，把那几个乱放烟花的人逮走了。

小罗垂头丧气地说："唉，流星啊流星，难道我这辈子注定不能和辛迪女神终成眷属……"

我四十五度角仰望夜空，沮丧地想流星啊流星，难道我这辈子注定不能拥有一个巨大的衣帽间？

手机一振，短信提示我这月的房贷该交了。

但今时不同往日了，当天那个窝床底下撞出脑震荡的

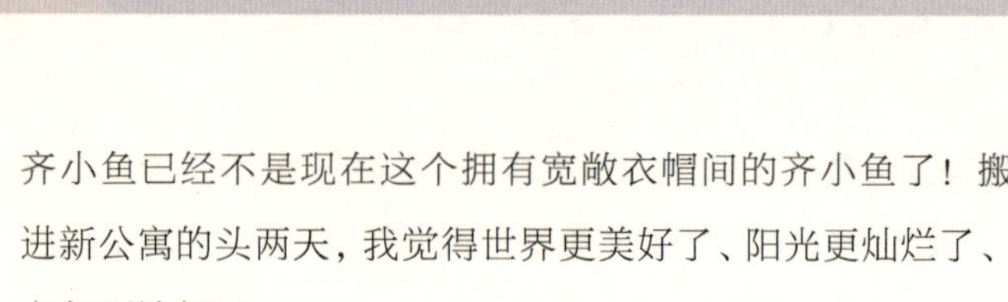

齐小鱼已经不是现在这个拥有宽敞衣帽间的齐小鱼了！搬进新公寓的头两天，我觉得世界更美好了、阳光更灿烂了、空气更清新了。

然而，这种好日子过了不到三天就结束了，很快我就体会到了当宋翩然的生活助理是件多么磨人的苦差事，

每天天不亮，我就得睡眼惺忪地赶到宋翩然家，在不吵醒他的前提下牵着然帅出去遛弯儿；在空闲时间得陪着宋翩然打游戏，并且要装得比他更菜；宋翩然出去工作也得寸步不离地跟着，端茶送水打伞买吃的，样样都不能少……

我算是体会到了那小姑娘当时对着我哀号的时候是什么心情了，但为了那个豪华衣帽间，我还得忍辱负重继续任宋翩然差遣。

一个月后，豪宅公寓小区里住进来一个白人帅哥，家里养了一只小贵宾。

有天清晨遛狗，我和他遇上就聊了几句，没想到然帅竟然看上了人家小贵宾，追着人家尾巴不放，八十多斤的巨型狗愣是要往小贵宾身上爬，把小狗吓得嗷嗷叫。

我费了吃奶的劲儿才拉住然帅，一个劲儿和帅哥道歉，帅哥是俄罗斯来的，之前在东北教英语，说话一股子大碴子味儿，还挺接地气。

我和帅哥闲聊了几句，他说他正在创业做自媒体，我说巧了啊，我也是干媒体这行的！

那帅哥也很兴奋，问我有没有兴趣跳槽去他那儿，他现在工作室刚起步，正是缺人手的时候。

然帅在一边嗷嗷叫，闹着要回家，我抱歉地耸耸肩："不好意思啊，我老板的狗不同意。"

把然帅送回了家，宋翩然正在跑步机上锻炼，擦了擦脸上的汗，瞄了眼手机，说道："晚回来二十分钟，去哪儿了？"

我随口回答，说对面新搬来一个俄罗斯老板，顺便就聊了几句，他还问我有没有跳槽的想法。

没想到宋翩然脚下一个趔趄，差点儿从跑步机上摔下来，我赶紧过去扶他，他如临大敌地瞪着我："那你怎么说的？"

"啊？"我挠了挠头，"然帅急着回家休息，我就没答应。"

然帅很配合地趴在沙发上"嗷呜"了一声。

宋翩然不知道哪儿来的火，一脸不爽地把毛巾甩在茶几上。

第二天，宋翩然竟然破天荒地起了个大早，说要陪我

出去遛狗。他在衣帽间里磨蹭了半小时才舍得出来，我身上就随便套了件卫衣，正等他等得不耐烦，抬眼一看差点儿没把眼珠子吓掉！

他穿着某高奢品牌最新款衬衣，修身长裤扎进短靴，手上戴了一块价值七位数的腕表，打扮得宛如要去参加高端晚宴。

我含蓄地表示："老板，我们就是去遛个狗。"

"不然呢？"他反问，又在手腕上喷了些香水，问我，"怎么样？"

"英俊潇洒风流倜傥！"我想也不想张口就夸，"帅！太帅了！"

一个金光闪闪的宋翩然，一只脖子上戴着钻石项圈的狗，加上一个朴素得不能再朴素的我，这社会地位一下就体现得淋漓尽致。

我酸溜溜地想，我做职粉陪着宋翩然这么久了，咋还连一只狗都比不上呢？

果然，我们又在小区里遇见了对门的俄罗斯帅哥，我刚抬手想打声招呼，宋翩然先风度翩翩地摘下墨镜，缓缓勾起嘴角，彬彬有礼地欠身，用他那无比做作的口音说道："Nice to meet you.（很高兴见到你）"

我一头雾水，宋翩然这个半吊子怎么就突然说起英文了？

金发碧眼的俄罗斯小哥抱着小贵宾狗，一张口就是纯正的东北口音：“哥们儿，你这一口英文说得不错啊！”

宋翩然惊了：“兄弟，你这普通话比我还标准啊？”

“那可不吗？”帅哥还挺有幽默感，“我这普通话去考一甲都绰绰有余了！”

小贵宾见着然帅就怕，嗷嗷叫唤着往主人怀里躲，我拽着牵引绳不让然帅扑人家小狗，累出了一身汗，再看宋翩然，穿得像个贵族，微笑得像个贵族，悠悠闲闲轻轻松松站在我旁边的姿势也很贵族。

我在这头累得吭哧吭哧，宋翩然在那头和俄罗斯小哥聊得热火朝天。末了，小哥邀请我们去他工作室做客，宋翩然欣然应允，看上去心情很好的样子。

回了家后，宋翩然不知道哪根筋搭错了，前一秒还优雅绅士，后一秒就恢复了巨婴本色，躺倒在沙发上，跷着二郎腿，吃着妙脆角，阴阳怪气地问我：“觉得那小子的工作室怎么样？”

“不错啊。”我随口应道。

他那工作室弄得有模有样的，现在只有三个员工，看着确实挺缺人。

宋翩然“咔嚓咔嚓”咬了几口妙脆角，又问：“哪儿不错？”

我回想了下俄罗斯小哥工作室的欧式装潢风格，确实觉得挺好看，一边帮然帅擦脚一边回答：“挺华丽的。”

宋翩然不知道在想些什么，突然坐起身，环视了一圈说：“喜欢华丽的？”

然帅后脚上不知道沾了块什么东西，黑乎乎的，我只顾着帮它清理，没仔细听宋翩然在嘟囔个什么东西，于是“嗯嗯啊啊”地敷衍道：“喜欢啊！”

宋翩然黑着脸不说话了。

第三天，宋翩然突然搞来了一个硕大的水晶吊灯挂在工作室里。

实不相瞒，这盏灯的气质十分突出，要是配上两条粗壮的大金链子，就是活生生的暴发户标配。

装修工人一阵倒腾，好不容易把灯安上，我光着脚爬上茶几，仰起头近距离地观察灯芯上镶着的小钻石，思考着抠下来拿出去倒卖的可能性有多大。

突然，“啪”的一声，宋翩然的大掌往开关上一拍，灯亮了。

那一刻白光乍亮，效果和原子弹爆炸有得一拼，灯下的我差点儿被闪瞎了。

“怎么样？”宋翩然双手抱臂，眉梢一挑，站在门边得意扬扬地说，“我这品位怎么样？评价评价？”

比水晶灯还晶莹的一滴眼泪从我眼角滴出，缓缓划过面颊。

我估摸着这一幕要是放小说里应该挺美的，青年被透亮的灯光笼罩，侧脸挂着一道蜿蜒的泪痕。

宋翩然咧着嘴角问：“被华丽哭了？”

“是的，太华丽了！不！不是华丽，是华丽丽！”我使劲儿眨了眨眼，摸索着爬下茶几，虽然眼睛看不清，但已经下意识地拍起了马屁，“老板就是老板，买的灯都这么高贵，十分具有皇家气质，白金汉宫也不过如此，英国女王见了都要流泪，奥巴马看到都要赞叹，多么美丽的灯啊！”

“哼，”宋翩然被夸开心了，吹了声口哨，装模作样地抱怨道，“我觉得也就一般吧。”

“不一般不一般，”我对宋翩然了如指掌，非常了解他此刻的心理需求，“如果一定要说这盏灯是一盏一般的

灯，那么只有一个理由。”

“什么理由？”宋翩然接话。

“那就是老板谦虚啊！”

我边揉眼睛边说，我已经被这灯亮瞎了——物理意义上的“亮瞎”，这灯的亮度相当于一百盏手术灯同时打开、一千颗双子座流星雨划过天际、一万支仙女棒瞬间点燃，我眼前只有一片白茫茫，要不是屁股底下压着真皮沙发、脚下踩着坚硬的大理石地面，我险些以为我迷失在了云端。

不过瞎也有瞎的好处，“睁眼说瞎话”的能力我修炼多年，终于在今天实现了大成。

“世界上没有完美的东西，”宋翩然又提出了要求，“齐小鱼，你说说这个灯有什么缺点。”

这个时候绝不能武断地直接说没有，这么做会显得太不真诚。

我先是低头沉思片刻，接着抬手捏了捏眉心，佯装为难道：“嗯……硬要说缺点，唉！”

最后重重地叹一口气，无奈地摇两下头，表现出自己对这个问题实在无能为力。

“太难了，老板，我真的找不到呀！”我可怜巴巴地说。

宋翩然果然被哄开心了，我听到他的脚步声渐渐靠近，接着身边的位置一塌，他坐到了我旁边。

同样身处一百盏手术灯、一千颗双子座流星雨、一万支仙女棒下，他怎么就这么健步如飞？

我的双眼已经慢慢适应了骤亮的环境，扭头一看，这家伙鼻梁上架着一副硕大的墨镜！

“你突然脱鞋干吗？”他问。

我压抑住想要操起拖鞋砸到他脸上的冲动，挤出一个微笑，挠了挠脚底板：“哈哈，脚痒。”

宋翩然露出一副嫌弃的表情，坐得离我远了点儿，双腿交叠，一只手搭着沙发扶手，抬了抬下巴，倨傲地问道：“世界上没有完美的人，齐小鱼，你说说我有什么缺点？”

应对这个问题的方式就不一样了，必须不经思考地立即给出反应，我赶紧摇了摇脑袋，假装自己是个拨浪鼓：“没有！老板就是完美的！”

实际上，宋翩然的缺点多到我可以写满一百页A4纸。

听到这个答案，宋翩然勾唇一笑：“真的？”

我的头比变形金刚还灵活，立即从只会摇头的拨浪鼓变成了只会点头的啄木鸟：“真的真的！”

“乖。”

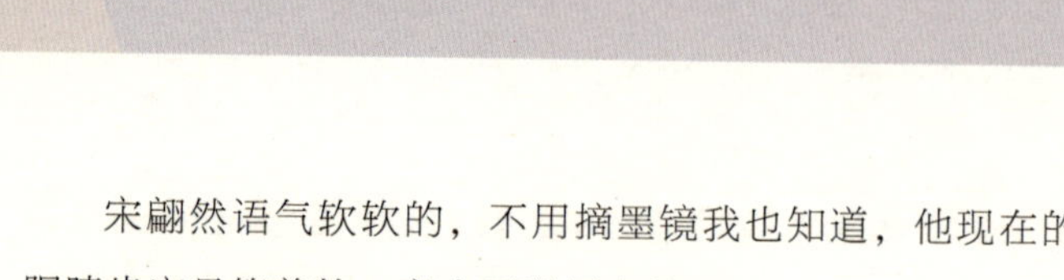

宋翩然语气软软的，不用摘墨镜我也知道，他现在的眼睛肯定是笑着的，弯出两道漂亮的弧线。

我坐得离他近了一点儿，对他眨巴了几下眼睛，问道："老板，你觉得我有什么缺点？"

宋翩然完美重现了我常做的几个步骤，先低头沉思片刻，又抬手捏了捏眉心，然后重重地叹一口气，最后无奈地摇两下头。

我心里美得冒泡，就等着他对我说"小鱼儿，在我眼里你也是完美的，没有任何缺点"。

他缓缓摘下墨镜，露出一双精致的桃花眼，低声说："小鱼儿。"

宋翩然看着我的眼睛，突然恶劣地咧嘴一笑，掰着手指头数："身高不够、兜里没钱、性格太差、游戏打得菜……"

我被臊得脸颊发烫，气得起身就往门口冲，在心里告诉自己宋翩然说的话就是屁！

次日，宋翩然又起早和我下楼遛狗了，还邀请了俄罗斯小哥来工作室坐了会儿。

宋翩然把那盏无比璀璨的水晶灯打开，俄罗斯小哥瞪着眼睛问："中国人这么有钱吗？大白天的也开灯？"

俄罗斯小哥走后，我默默地关了水晶灯。

"关了干吗？"宋翩然问，"开着！"

"太亮了……"我嘀咕。

"亮吗？"宋翩然挑眉问。

废话！你当然不觉得亮啊！有本事你把墨镜摘了啊！

"省电费。"

宋翩然很是阔绰地一挥手："不缺钱。"

我认真地说："老板真大气，这盏灯就象征着您的豪迈，您的阔气就像天上的星星，只有在黑暗中才越发明亮。不如等到了晚上，我们再把灯打开，更充分地展现它的魅力。"

宋翩然嘴角的笑意怎么压也压不住，沉声说："那就关了。"

我欣喜若狂地赶紧关掉了水晶灯。

宋翩然突然低咳一声，别别扭扭地问："这里华丽还是那小子那儿华丽？"

我一下没反应过来，摸不准宋翩然想听什么答案，小心翼翼地回答："这里华丽。"

宋翩然很满意这个答案，揣着妙脆角，晃了晃脚丫子：

“不许跳槽去他那儿，他开多少工资都不许，听见没！”

我笑着说：“我哪里也不去，这里就最好！”

其实宋翩然这个人吧，缺点多得和雪花一样，他别的本事没有，不过对付我齐小鱼倒是手到擒来。

BUZHIDAOXIESHENWOJIUDAYIPAIPINYIN

SJTL

ZHIFENJIUYEZHINAN

SONGPIANRAN

Special Assistant

SPECIAL
ASSISTANT